# Vi♀lence(s)

## Du même auteur

Monographies (Sélection) :

*L'Ingénu* de Voltaire (Bréal, 2001)
*Un Roi sans divertissement* de Giono (Bréal, 2003)
*Jacques le Fataliste et son maître* de Diderot (Bréal, 2006)
*Gargantua* de Rabelais (Bréal 2011)
*Zazie dans le métro* de Queneau/Malle (Bréal, 2012)
*Le Feu* de Barbusse (Bréal, 2014)
*Les Faux-monnayeurs* de Gide (Bréal, 2016)
*La Chartreuse de Parme* de Stendhal ( Bréal-Studyrama, 2018)



ISBN : 978-2-86231-304-7
5 rue Malebranche - 75005 Paris
editions.mauricenadeau@orange.fr
www.maurice-nadeau.net
Éditions Maurice Nadeau - Les Lettres Nouvelles

Paule Andrau

# Violence(s)

**Roman**

MAURICE NADEAU

*À mes grands-mères :*

*À Françoise Zigliara (1875-1969)*
*À son piquant et son espièglerie*
*que son extrême grand âge n'émoussa jamais,*
*À son accent délicieusement suranné qui roulait un « ma chérie »*
*connu de moi seule ;*

*À Lucie Madon (1896-1968)*
*À son inépuisable bienveillance qui infusait le monde,*
*À son chignon grisonnant qui, en se dénouant, déployait,*
*autour de sa tête renversée sous la brosse,*
*une toison d'écureuil vibrante comme une flamme ;*

*disparues à quelques jours d'intervalle,*
*– l'année de mes dix-neuf ans.*

# *X.1*

Depuis des mois, depuis des années, la visite rituelle à l'hôpital. Et chaque fois ce déferlement de la souffrance des autres qui la laisse gorgée d'horreurs pour plusieurs jours. Là, dans ce couloir qui sert de salle d'attente, des heures souvent avant l'entrée dans le bureau du professeur. Des femmes. Des femmes dont les yeux vides ressemblent à ceux des saintes du Greco. Derrière ces visages que la maladie consume, des histoires, des vies qui l'assaillent inexorablement et qui la consolent de la visite pas vraiment rassurante, pas complètement positive puisqu'il faut continuer le traitement et revenir le mois prochain sans savoir quand ça finira.

L'hôpital, lieu hors du monde et monde en soi. Dès l'ouverture de la porte vitrée, un sas qui fait basculer dans l'ailleurs. L'attente au guichet : il a fallu prendre un ticket comme pour le rayon fromage ou viennoiserie dans les grands magasins. Consommateurs ici aussi, tous consommateurs. L'attente parfois interminable, souvent entrecoupée par l'arrivée de brancards et les soignants qui passent devant tout le monde pour une urgence. Prioritaires. L'attente et la pensée qui court malgré soi pendant l'attente. Sous l'apparence neutre, rester assise, ne pas bouger les mains, faire semblant de ne pas sentir la tension monter dans les jambes, nouer le ventre. La pensée qui s'emballe vers les peurs les plus folles et loin au bout, la mort, la mort, la mienne. Ne pas regarder les autres car s'apitoyer sur eux, c'est s'apitoyer sur soi et alors, la grande débâcle, le grand déballage. Attendre les documents, ces petits carrés de papier automatiquement fournis par la machine et formant une ou deux pages de chiffres, de sigles incompréhensibles. Chacun de ces petits carrés, un sésame pour un examen, un prélèvement, un soin spécifique. Munie de ce viatique, traverser des couloirs pour atteindre le service où elle a rendez-vous. Les secrétaires à qui il faut remettre les feuilles reçues du guichet de l'entrée. Moins douloureux : au fil des mois elle les a apprivoisées, les secrétaires. Elles parlent de leurs enfants, je parle des miens, elles demandent des nouvelles, elles me reconnaissent. Et puis le couloir qui sert de salle d'attente et où nous restons pêle-mêle, les urgences, les cancéreux, les sidéens, les leucémiques. Surtout ne pas se regarder, ne pas lever les yeux parce que chez chacun, la parole est au bord des lèvres, qu'un seul regard suffit à la mettre en œuvre et que quand elle se met en branle, plus rien ne peut l'arrêter. Nous le savons tous ; alors nous regardons nos mains, nous feuilletons un agenda, nous comptabilisons dans notre sac les petits papiers pense-bêtes utiles à la semaine, nous faisons semblant de lire les journaux qui sont là sur une table basse.

Et si écrire lui donnait de déposer enfin ces confidences et ces non-dits lourds du poids de l'humain qui l'empêchent de vivre elle aussi ? Si écrire c'était déposer entre les mains de tous les autres, dans la conscience de chacun un peu de ces secrets pour les partager enfin ? Les mots, trouver les mots. Peut-être juste laisser parler ces voix qui s'entrecroisent en elle, les laisser tisser cette toile de vies meurtries, brisées, les laisser faire, juste comme elles viennent, les laisser faire.

Y arriverai-je ? Je ne sais pas. Vais-je essayer ? Je n'en sais rien. Seulement dans ma mémoire le chant de cette femme kurde sous la tente qui récite une dernière fois l'épopée de sa race, celle qui va disparaître, celle dont le poème même dit la mort à venir, chant qu'elle déroule d'une voix ferme à visage découvert tandis que les autres femmes pleurent sous leurs voiles et que les hommes eux-mêmes cachent leur face de leur main. Mélopée étrange dont chaque strophe est un éloge guerrier qui se clôt pourtant sur une note tremblée et rauque comme un égorgement. Récit de hauts faits et de souffrances dont la célébration est dévolue à une femme comme si c'était à elle, plus qu'à tout autre, qu'incombait la déploration de la misère humaine, le thrène funéraire de ceux qui ont vécu et qui vont mourir.

1.

Pleurer, c'est tout ce qui nous reste, pas vrai ? Pleurer parce que toute cette merde... Pleurer quand on est jeune, parce qu'après... On voit bien que ça continue, que tout continue au-delà des pleurs. Les mêmes erreurs, les mêmes à vous faire mal. La même laideur. La vie, ça dure.

Alors on apprend à ne plus pleurer. Ça ennuie les autres de vous voir pleurer, ils se sentent coupables. Au début, ils consolent. Ensuite, ils deviennent rogues. Alors, on pleure toute seule. C'est plus simple. Parfois, on étouffe. On croit qu'on va crever. On crève. Ça coule, ça coule sans arrêt, bêtement dans des endroits idiots, dans des moments sans signification particulière. Sans raison. Devant le visage fermé d'une postière derrière son guichet. Quand on est prise dans un embouteillage et qu'on sait qu'on n'arrivera pas, qu'on n'arrivera pas à l'heure, qu'on n'y arrivera pas, qu'on n'arrive à rien. Ou simplement parce qu'une bouteille d'eau qu'on remplissait vous a sauté au visage. On se retrouve trempée. La fermer, s'asseoir sur une chaise et pleurer.

On pleure pour tout mais sans que jamais personne ne le voie. On pleure pour l'autre qui une fois de plus a menti. On pleure pour les enfants devenus ennemis. Pour la vie si longue et si vide. Rien toujours.

2.

Avant, je me disais pour tenir, pense à ceux que tu aimes. À quoi penser aujourd'hui ? Où sont-ils les gens que j'aime ? Les ai-je jamais aimés ? Y en a-t-il encore aujourd'hui ?

J'ai été ridicule, j'ai cru à toutes ces choses qui n'existent pas. D'ailleurs, s'il fallait les dire, les nommer, je ne pourrais pas, je ne pourrais plus. Trop bête. Même les dire me paraît trop bête. Alors, les avoir pensées ! Mais il n'y a rien, rien, nada. Rien nulle part. Rien partout. Que reste-t-il de ceux à qui je pensais pour tenir ? Tous m'ont bien eue, le père, le fils... Et le Saint-Esprit. Et moi, je vivais de ça, ce frémissement de tout l'être pour le plaisir donné à l'autre, cette fébrile projection vers le moment où il serait prévenu dans ses désirs, cette attente imbécile d'un regard, d'un geste, d'un mot dont l'absence a chaque jour empoisonné ma vie. Quelle bêtise. Il faut être au bout de la route pour en mesurer l'étendue.

3.

Moi je bois. Je m'imbibe. De façon lente, systématique. Jusqu'au moment où je me sens ailleurs. C'est si facile, si précis : je peux dire l'instant où tout va basculer, devenir enfin vivable. Au début, ça brûle. Je ne peux même pas dire que c'est bon. Ma lèvre inférieure gonfle, durcit. J'en ai une conscience aiguë, presque douloureuse, mais je sais que le plaisir en dépend. Ma lèvre brûle et peu à peu je ne sais plus que cela. Puis ça descend. Ça prend les membres. Ils s'ankylosent, s'affaissent. Et je suis libérée. Libérée de moi-même. Cette sourde pesanteur. Le visage comme de la pierre. Je bois encore. Jusqu'à la paralysie, l'insensibilité. Je ne sens plus rien. Je suis sûre qu'on pourrait me blesser, me faire saigner sans que je crie. Invincible, je suis devenue invincible.

Ça commence à être bien. Mes paupières tombent, ma bouche s'emplit d'eau et le monde s'efface, s'éteint dans la distance. Je sens mes pommettes comme si toute ma vie s'y trouvait condensée et alors j'oublie. J'oublie tout : mon amant trop jeune, mon argent trop présent, mon passé si dérisoire, si vide, mon avenir néant. Je bois et le soleil inonde mon corps épuisé, détend tous les fils d'acier des convenances, adoucit toutes les souffrances, comble tous mes manques, ces tenailles présentes dans chacune de mes articulations, chacun de mes muscles. Il me semble qu'alors je peux tout dire, tout faire. Toutes les murailles tombent et seule compte ma musique, ma musique à moi, celle qui rythme mes non-sens.

Moi, je bois. C'est si simple. Tout s'éteint dans une nuit si douce et moi je flotte, loin, sans lien avec rien.

Qu'est-ce que je bois ? N'importe quoi. Dans n'importe quel ordre. Avec la vodka, ça va plus vite. Avec des alcools doux, je fais durer le plaisir du naufrage. Je sens l'ankylose me gagner, je la devance. Douceur suave de la pierre qui prend lentement possession de moi. J'aime cet état minéral qu'anime seule la pensée. Je ne veux plus faire un geste. Extase.

# *X.2*

On se tait. Attendre la visite au professeur. On pénètre dans le bureau l'un après l'autre. L'importance des premiers mots : toujours pour moi une entrée en matière qui colore le commentaire des analyses, les indications données sur les marqueurs. Il faut encaisser, ranger quelque part en soi les informations avec leur netteté immédiate et leur imprécision sur l'avenir. Toujours le dialogue se fait pédagogique : le professeur veut que je comprenne ce qui se passe, il répète J'ai besoin de vous, je ne peux rien sans vous, il doit le répéter à chacune et chacun de ceux qui viennent dans son bureau avant moi et derrière moi. Il faut trouver la force de rester assise, d'écouter avec attention, de faire reformuler certaines phrases pour m'assurer que j'ai bien compris. Ça n'est pas fini, ça n'est jamais fini. Épuisée, épuisée au point de me sentir tomber alors que je suis assise. Parfois je pleure. Il sait bien que ce n'est pas sur moi, je ne suis jamais comme il le dit qu'une petite malade, une malade presque guérie et qui a eu la chance de survivre. Je pleure sur cet univers inhumain, en marge de la vie, antichambre de la mort.

Je quitte l'hôpital. Je ne sais ni pourquoi ni comment chaque fois j'entends ces femmes qui ne m'ont pas parlé et que je ne connais pas. Je ne sais pas de quelle partie de moi elles se lèvent mais elles sont là, partout dans ma vie, obsédantes ; je vois les événements de leur vie, ce qui les a amenées là elles aussi. Elles sont si fortes, si violentes, si pleines des cruautés qu'elles ont subies qu'elles marchent à mes côtés et qu'elles couvrent le réel de leur cri. Écrire. Il faut écrire pour donner vie à tous ces corps abandonnés, marmoréens dans leur pesanteur et informes dans leur défection totale, écrire pour donner sens à ces regards égarés de celles qui sont en train de passer du côté de la mort.

1.

J'ai été bête, bête. J'aurai dû partir, il y a dix ans, quand j'ai commencé à douter, quand un soir je me suis retrouvée chez moi, étrangère à ma propre maison, me demandant ce que je faisais là. Partir. Et au lieu de ça, j'ai travaillé. Travaillé deux fois plus. Un tourbillon d'activités. Une journée si dense qu'elle était à elle seule toute une vie : de six heures du matin à minuit, tout, travail, gym, heures supplémentaires, et la maison, les enfants, le mari. Tout ça pourquoi ? Au bout de la route, le grand trou. Ce creux au fond de la poitrine qui s'élargit à l'infini, le désir que tout s'arrête, que tout finisse, le désir obscur, tenace de l'immobilité, de l'insensibilité de la tombe, s'arrêter enfin. Que tout cesse, tout cesse.

2.

Des années à haïr, à se refermer sur la souffrance comme sur un noyau dur. Construire de la vie tout autour et pour tenir, haïr. Haïr l'autre pour son silence abrupt, cette absence du regard qu'on ne rencontre plus. Cette présence pesante et aveugle pendant des années, là, en face de moi. Le bruit de ses mâchoires qui mastiquent. Pas un mot. Et quand on lui parle, rien. Pendant des années, moi aussi, je me suis tue. J'ai cru que ne pas dire me préserverait et surtout sauverait les autres, donnerait un sens à ce tas de souffrances obscures, à ces miettes de peine que chaque jour laissait derrière lui. J'ai cru que parler ce serait tout casser, tout détruire et le peu que j'avais, j'y tenais tant. Alors je me suis tue.

Mais ce n'était pas encore assez. Il m'a tout pris. Vous pensez, vous qui passez, quelle vieille femme laide, négligée, repoussante. Oui, je suis tout ça. Et méchante aussi, j'ai tant de haine. Il a fichu ma vie en l'air. Il a quitté son métier. Alors, moi, je l'ai épaulé. Je continuais. Un coup de plus. Se taire. Marcher la route de la vie. Serrer les dents. Se taire. Il a fallu vendre la maison, se réfugier dans un quartier périphérique. Moins cher. Vivoter à deux sur mon salaire. Car moi, n'est-ce pas, j'étais fonctionnaire, une planquée, une qui ne foutait rien mais dont on avait besoin quand même. Une qui aurait une retraite, elle, tandis que lui... Une qui touchait de l'argent à la fin de chaque mois. L'argent, il le prenait, il en vivait, sans un merci, sans un regard, sans un geste qui m'aurait fait exister. L'argent, il le prenait, comme il m'a tout pris.

Alors, aujourd'hui, plus de maison, plus d'enfants, une petite retraite, la certitude d'avoir tout manqué, l'assurance de n'avoir plus rien à vivre. Je le hais. Je le regarde en silence, je le regarde pisser sur lui, je le regarde et il sait que je le regarde.

C'est tout ce qui me reste : ce caillou de haine qui ne passera jamais. Je mourrai nouée autour de lui si je ne suis pas devenue lui toute entière avant.

1.

Ces journées de folie, ce tremblement, chaque matin, quand il fallait quitter les enfants, les jeter devant une porte d'école encombrée et partir pour une journée interminable. Le temps qui se détraque et qui vous talonne sans cesse des dix minutes qui vous ont manqué dès le début. Et, pendant douze heures, le sentiment d'être orpheline, dépossédée par l'abandon forcé des enfants. L'exil sans recours dans un monde incohérent, hostile qui nie tout de la maternité. Le déchirement de les avoir laissés derrière soi, les êtres aimés, sans savoir comment ils allaient passer cette journée, ballottés au gré de personnes que l'on ne connaît pas. Et la terreur, brusquement qui fige tout en soi, tout sauf le bruit du sang qui bat aux tempes : s'ils mouraient, si elle revenait de cette traversée chaotique de la journée pour les trouver morts. S'ils devaient s'éteindre, là, brutalement, sans elle - c'est si courant - un choc, une voiture, une chute. Chaque jour, pendant toutes ces années, cette certitude qui parfois la rendait idiote : la mort omniprésente que toute cette vie nie et qui seule est vraie.

Si fort, si dur, comme une pierre dans la gorge, le désespoir de ne pouvoir sortir des rails bien huilés de la vie sociale, de ne pouvoir se dégager et courir à eux pour dire. Pour dire quoi ? Qui aurait compris ? Elle aurait paru folle, elle aurait dérangé l'ordre des choses comme elle provoquait la haine de cette mère d'élève qui lui reprochait d'inventer pour sa fille des chapelets de mots tendres, des guirlandes d'invocations matinales pour atténuer la séparation de chaque jour. D'ailleurs ils avaient tous beau jeu de lui dire qu'il ne tenait qu'à elle de ne pas travailler...

Ces images : brisé, à terre, broyé, sanglant, son enfant. Et l'angoisse qui envahissait sa tête, incendiait sa poitrine silencieuse, le cri réfréné de la révolte et de la peur.

Et quoi aujourd'hui ? Rien de tout ça n'existe puisque personne ne l'a su. Elle n'a jamais rien dit. Avec qui partager ? Et est-ce que tout ne devient pas pire quand on a dit ?

2.

Plus rien ne peut me faire pleurer. Même pas moi. Surtout pas moi. Au fond, je me hais aussi. De tout ça. D'avoir traversé tout ça. D'exister encore après tout ça. De ne pas en être morte. Mais je ne peux pas pleurer. Plus de larmes. C'est pas faute d'en avoir versé. Peut-être que ça se tarit un jour. Plus de source des larmes. Moi : quoi d'autre que cette poignée d'os desséchée ? Dès l'origine. Rien d'autre. Rien d'autre. Bizarre quand même cette souffrance toujours neuve dans ce corps tout déformé par l'âge. Penser que j'ai été jeune. Penser que j'ai été belle. Quand ça ? Penser que j'ai été une petite fille à la robe de broderie anglaise empesée. La seule chose qui peut encore me toucher. Ce regard de petite fille que pose parfois sur moi une femme inconnue, au hasard de la rue. Cette tendresse pitoyable pour la vieille femme que je suis devenue et dans cette tendresse le double visage de l'enfance et de la beauté retrouvé pendant un court instant. Cette femme belle et douce qui me sourit et me pardonne tout ce que je suis, ce moment sans paroles, nos deux gorges nouées, la sienne de tout ce qu'elle devine, la mienne de tout ce à quoi j'ai renoncé. Deux femmes qui se regardent et qui savent. Celle que j'ai été, celle que, je l'espère, elle ne deviendra jamais.

J'ai cru à des mots, des mots vides de sens auxquels j'ai voulu croire. C'est ma faute bien sûr. Le mot de mon fils "parce que tu le veux bien". Oui, je voulais les aimer. Même malgré eux. Mais l'amour donne plus de force aux coups qu'on reçoit. Le pire, découvrir que les êtres qu'on aime, une fois qu'ils se sont saisis de l'amour qu'on a pour eux, se constituent en continents étrangers. Hostiles. Durs et tranchants comme des couteaux. À chaque parole une entaille.

D'abord, les coups, on les prend. Ensuite on se rétracte, on les évite d'un brusque recul. Enfin on se blinde et on les fuit. On se contracte. On se racornit. Toute desséchée comme une vieille orange oubliée sur un coin de cheminée. La peau durcie, figée. Encore de la couleur mais comme vernie. Vitrifiée par le temps.

Elle désormais, cette vieille femme où tout s'était recroquevillé, appauvri. Et chaque matin, la contemplation de ce désert, de ce sable.

# *X.3*

Habitée. J'ai passé ma vie à être habitée par les autres, habitée, investie, possédée. Ces femmes à présent grouillent dans cette absence à moi-même que mon existence a toujours été. Comment les dire ? Comment dire ? Est-ce qu'elles ont un sens seulement ?

Le souvenir de mon professeur de théâtre, loin, loin, dans un temps où j'étais pleine de moi : cherche au fond de toi, creuse et racle de tes ongles les parois de ton ventre pour en tirer le sang que tu mettras à ton personnage. Elle me donnait toujours des rôles de personnages plus vieux que moi, pourquoi moi ? Pourquoi moi ? Tu es vieille, tu es bien plus vieille que ton âge et c'est ça qu'il faut extraire de toi, vieillesse, usure, défiance, peut-être seulement ainsi atteindras-tu ta jeunesse, arrache de toi la légèreté, la cocasserie fausses, lâche le cri auquel rien ne répond, qui glace le cœur et fait passer le frisson du néant.

Le travail de théâtre, la répétition têtue qui développe comme des gammes tous les possibles du personnage. Dire et encore dire pour faire lever de moi le personnage, le matérialiser, le créer de ma chair, pour qu'il s'impose à ceux qui me donnent la réplique, aux autres qui reçoivent la pièce. Plus fort que moi, au-delà de moi. Et si écrire c'était ça seulement ? Si écrire c'était juste donner chair à ces femmes qui ne sont pas moi mais qui m'habitent tous les jours, creusant leur place au fond de moi, si présentes que parfois ce sont elles qui répondent par ma voix et qui parlent à travers mes mots. Si c'était juste ça écrire, pousser l'aventure dans l'autre aussi loin qu'on peut aller, même quand ça ne me ressemble pas, surtout si ça ne me ressemble pas. Des terres inconnues de moi à l'infini.

Mais j'ai peur. J'ai peur au bord de la page blanche comme j'avais peur dans les coulisses au théâtre. Car je sais l'émotion dévastatrice de cette naissance de l'autre en moi, le miracle de cette fantasmagorie qui fait l'autre plus authentique que moi-même, je sais aussi l'épuisement que laisse le retour à soi, comme après une nuit malheureuse passée au baccara, après la lutte inutile contre la mort emportant le malade au matin, après la tempête qui a jeté malgré tous les efforts le bateau à la côte et l'a démembré.

Fatiguée des paroles et des regards. Fatiguée de ce qu'elle voit, de ce qu'elle entend, de ce qu'elle lit. Les paroles de celle plus jeune, plus belle qu'il faut consoler d'être sans homme quand l'homme est l'autre tant désiré, tant aimé mais qu'il est tout souffrance parce qu'il donne seulement l'expérience du corps méprisé et dégradé, l'expérience sexuelle de la dépossession, le jeu pervers qui détruit la vérité et ramène la femme à un fantasme. Les silences de la plus âgée qui ne comprend pas pourquoi. Pourquoi toute sa vie de femme mariée, de mère s'est effondrée d'un coup, parce qu'elle n'a rien su voir, les habitudes, le détachement, la lassitude, le cheminement de la vie qui se referme sur les problèmes immédiats, sur ce qu'on vit au jour le jour sans penser que l'autre à vos côtés vit peut-être la même chose qu'il ne dit pas. Assez des regards aussi où elle lit des destins sacrifiés, la vie avec une brute qui n'a rien compris, rien vu du désarroi et de la solitude, la présence constante du don et de la tendresse dans l'ombre de l'autre qui attire à lui toute la lumière, parade devant une société qui admire sa maison, sa voiture, son travail, sa famille et nie celle qui permet par son dévouement obscur que tout cela existe. Assez.

1.

Enfin. Délivrée. Il avait fallu défaire tous ces liens, dénouer les fils de ses tendresses qui l'enserraient. Ça avait été long. Mais son esprit patient avait couru comme des doigts d'aveugle sur les blessures, reconnu, répertorié les cicatrices. Des années pour les comprendre, dans leur gravité, des années pour dépasser. Couper, brûler les vieilles choses habitées de douceur. Tailler dans la chair vive pour se libérer. Elle gardait le souvenir de cette reconquête qui n'était faite que de mutilations. Elle était libre à présent. Dépouillée, enfin elle-même.

2.

Avec les années, on ne parle plus. À quoi bon ? La parole, les mots, ils ne disent jamais rien. Seules vérités qui s'imposent du plus loin qu'elle s'en souvienne, l'agressivité et les reproches. Dressés l'un contre l'autre comme des ennemis. Être ensemble c'est nécessairement la haine. On passe son temps à la masquer, on n'ose pas dire, on se conduit en public comme les autres l'attendent. Mais dessous il y a la longue rancœur de tout ce qu'on n'a pas dit. Finalement, on met de côté les blessures. On croit qu'il sera toujours temps de les panser. Et puis le temps passe. On se retrouve piégée dans cette vérité implacable. Même plus capable de crier. Bâillonnée par la vie, niée, foutue.

Du plus loin que je remonte, je suis restée une inconnue. Tous les partages ne m'ont jamais ouverte à lui. Il n'a jamais voulu comprendre. Un continent parallèle mais toujours étranger. L'hostilité voilée, l'indifférence polie, le masque de la supériorité. Définitivement transparente.

3.

J'ai cassé ma voiture. Mais je n'ai rien. Je ne vois pas pourquoi on me retient. Un traumatisme ? Mais non, j'étais saoule. C'est rien. Un écart comme quand on veut éviter un chien. Pas besoin de faire tant d'histoires. La voiture ? juste une question d'argent. Et l'argent, il a toujours été tellement là que je n'ai jamais eu rien d'autre. C'est gentil de m'avoir conduite ici mais pour quoi faire ? Enfin, c'est toujours mieux que rentrer, retrouver une maison vide, trop belle pour être vraie, un garçon trop jeune pour m'aimer vraiment, des amis trop riches pour s'apitoyer. Retrouver tout ce que me paie mon argent. Rien que ça aussi. Rien de plus que ce qu'on peut tarifer. C'est drôle ce soir, enfin quelque chose de gratuit.

Ici, je peux parler. Parler toute seule. Personne n'écoute. Ça me change de toutes ces années où il fallait parler, parler à quelqu'un qui m'écoutait de son regard profond. Chez le psychiatre, parler pour essayer de voir clair, parler pour mieux comprendre ma vie. Ça m'expliquait bien des choses de parler. Mais est-ce que j'avais moins mal ? Deux fois par semaine. À me chercher moi-même, à contempler ma vie gâchée, mieux : à contempler le désastre de toute vie, la seule leçon. À quoi bon à la fin ? Ou vous y trouvez du plaisir, ou ça vous dégoûte de vous et de tout. Il n'y a pas de réponses aux vraies questions. Et on ne peut pas vivre en s'y heurtant sans cesse, en s'y blessant.

Alors le psy m'a dit d'écrire. Écrire quoi ? Que j'étais une fille à papa occupée à danser, à vibrer sous les mains des garçons d'abord, sous l'effet de toutes les drogues ensuite, à jouer ma vie sur un baiser, un shoot, une course de voiture, les cheveux déliés, la gorge pleine de rires. Et que quand papa est mort, j'ai soigné ma mère, que je l'ai accompagnée et que, après, plus rien, seule avec moi-même, le visage glacé dans le miroir, trop apprêté, trop travaillé pour être encore vivant. Écrire quoi ? Mettre de la merde sur le papier et après relire la merde refroidie. Dégueulasse. J'aurai été la seule à me relire. Vivre une vie de merde et le savoir, c'est une chose. Mais l'avoir tous les jours sous les yeux à travers des phrases qui se décomposent non merci.

Alors je bois c'est plus simple. Et quand je bois, la merde devient paillettes et ce n'est plus la vie.

2.

Finalement, toutes pareilles, dépouillées. On est des femmes. Argent ou pas argent, toutes, là le long de ce couloir, un seul bout de la route, le ratage. On a tout avalé, les coups, le mépris, l'indifférence, le mensonge. On a tout surmonté puisqu'on est là, vivantes. Mais au bout du compte, chacune au centre d'un même terrain vague où il est impossible d'identifier les restes d'un passé.

Des sentiments qu'on a éprouvés seule en inventant chaque jour un partage, une fusion à l'autre qui n'existait pas. On a joué tous les rôles et son rôle à lui aussi en lisant dans ses silences autre chose que ce qui n'était que silence. On a longtemps soupesé ses mots trop rares, pour leur donner un sens conforme à une attente toujours déçue. Chaque soir, on a revisité la journée écoulée pour se donner raison. Des rêves ! Quelle débâcle à l'arrivée ! Si tant est qu'aujourd'hui en soit une. Dépouillées de tout, même des rêves.

Que faire désormais sinon se laisser couler sourdement et se débattre, ruer au néant comme les souris d'autrefois quand elle était petite et qu'elle restait toute la nuit, leur corps vibrant de l'approche de la mort dans le lit de sa main. La même chose aujourd'hui devant lui qui meurt. Soubresauts ébranlant ses nerfs jusqu'à l'immobilité et le froid final. L'impression que tout se solidifie en elle comme autrefois dans sa main le petit corps devenant pierre.

3.

Bien sûr, il reste le voyage, partir pour s'étourdir d'images, de bruits. S'enivrer de tous ces mouvements étrangers qui font chaque jour nouveau, chaque ville différente. Et revenir épuisée, cherchant quelque objet connu sur quoi poser ses yeux, rassurant ; même s'il est dérisoire ou peut-être justement parce qu'il est dérisoire. Alors on se surprend dans sa cuisine à contempler le hublot d'un four où dore une volaille, on attend avec passion le moment où le lait mousseux gonfle brusquement jusqu'au rebord de la casserole et la pare soudain d'un voile éphémère. On revient à soi vide, avec le sentiment d'être un appartement démeublé, aux portes béantes, envahi par le silence et la poussière. Quel voyage a jamais consolé d'être ?

# *Y.1*

J'ai tout cassé, les vases Ming, la collection d'antiquités précolombiennes. Perplexes le médecin et la commissaire, au milieu du carnage. Je les ai vus ensuite, s'agiter comme des insectes derrière une vitre. Ils me posaient des questions mais je n'entendais pas. J'ai tout cassé. Du sang, du sang partout. En traînées sur les murs de soie grège, en taches sur les tableaux et les coussins. Du sang devenu marron.

Vous pouvez m'examiner, lumière dans l'œil. Mes poignets, rien. Personne d'autre dans l'appartement. Ils se sont agités, ont fouillé partout, ont fait venir la concierge, l'ont interrogée. Elle a entendu, vous pensez bien, j'ai tout fait pour ça.

Il est parti au milieu d'un cataclysme. Bris de toutes sortes et hurlements. Dans un si bel immeuble bourgeois ! J'en ai mis partout. Cinquante ans, c'est fini pour une femme, il a dit, ma pauvre vieille, comment veux-tu t'aligner face à une fille de vingt ans, avec elle je recommence tout, je baise et je vais faire des enfants. À nouveau. Tandis que toi...

J'en ai mis partout, dernier hommage à mon ventre qui va devenir stérile, à mon utérus désormais inutile. Dernier hommage au sang, partout, même sur moi. Je m'en suis peint le visage : pour porter une dernière fois à la vue de tous ce qui a coulé de mon ventre chaque mois, ce qui a constitué tes enfants. Fausses balafres sur mon visage et mes bras. Dernier signe que je suis encore une femme. Oui Madame la commissaire, faites-moi faire une piqûre. Voilà ce que j'ai dit devant le docteur du SAMU, mais je ne suis pas folle. Croyez-vous que ça effacera tout ? Je sais bien ce que je suis désormais, une femme au rebut, une femme de cinquante ans trop vieille pour lui, mais encore trop jeune pour accepter.

Aussi, c'est l'autre que je célèbre aujourd'hui par ces tatouages de sang qui me transforment en princesse barbare. J'ai dit vous pouvez me faire toutes les piqûres que vous voudrez, je sais qui j'ai été et qui je perds, celle-là est morte désormais par sa faute. Partout sur moi des lèvres de sang pour porter le deuil de celle que j'ai été ; celle que je serai je ne la connais pas.

2.

Un jour, sans savoir pourquoi, on se réveille étrangers. Étrangers, vieux et laids. On regarde l'autre et on ne le reconnaît pas. On regarde son dos affaissé et il fait horreur. La même illumination que celle de l'amour mais à l'envers. L'émerveillement de l'amour ça vous donne à vous-même dans la glace furtive d'un magasin, l'éclat inattendu d'une devanture de café. À présent, c'est la laideur bête de cette silhouette alourdie, ce menton avachi. Alors tout s'effiloche. À quoi croire encore ? Plus en l'autre. Plus en soi. Tout est mort derrière la façade cimentée de l'activité sociale, du travail quotidien. On a vécu trente, quarante ans, soixante ans ensemble et on s'est oubliés. Oubliés, perdus dans cette foire d'empoigne de la vie. Et brusquement, parce qu'on s'est vue une fois de trop dans une glace, on émerge de la routine. Seule au milieu d'un désert. Tout sonne faux. On s'aperçoit que l'autre n'entend plus. On remue les lèvres pour faire des bulles au silence qui meurent sans bruit. À l'intérieur, le fracas des mots. Sublimes, touchants, à l'infini. Mais hors de soi, le silence. L'agitation toujours. Des clowns pathétiques. On ne se fait plus rire.

Dieu, que je l'ai aimé !

1.

Elle avait un jour décidé que ce n'était plus possible, travailler toute la journée, rentrer dans une maison pleine de gens qui allumaient la télé pour regarder sans voir. Se coucher seule. Se lever seule et aller travailler quand ils dormaient encore. Et aujourd'hui, elle l'avait fait.

3.

Pas de seconde chance. Elle avait compris cela quand sa mère allait sur ses soixante-dix ans. Elle avait une fois de plus calculé la distance qui les séparait, trente ans. Elle avait brusquement saisi cette vérité aveuglante : il n'y aurait pas de seconde chance. Pas de répétitions, pas de reprises. La vie, c'était une grande première à chaque instant. Tout ce qu'elle avait raté elle ne pourrait pas le refaire.

Sa vie comme un paysage : des cratères d'obus qui avaient tout défiguré et un froid glacial. Elle grelottait de savoir que rien ne pourrait être modifié. Longtemps elle en avait eu l'illusion : il suffirait de redresser la barre. Des mots. Pas de seconde fois. L'improvisation permanente. Tout était définitif, les mensonges, les erreurs, les refus.

2.

Parfois, elle restait là à répéter je veux partir, je veux partir, à remâcher cette phrase à l'infini jusqu'à ce que la question s'impose : partir où ? Pour qui ? Plus de maison que ce chenil où elle finissait de vivre avec ce vieil homme débile et méchant. Pas d'enfants pour l'attendre : elle aurait été un poids mort pour eux, ça, elle l'avait bien compris. Partir... Justement, on ne part jamais, on reste. Engluée dans un passé qui a créé le présent, habitée par des fantômes, hantée par des êtres de vent plus vrais, plus forts que le réel ! Le réel, c'est le bruit des voisins, les insultes des plus jeunes, le mépris à pleines mains, toujours. Dans une vie où tout se limitait à attendre, elle attendait. Parfois ça affleurait à sa conscience, elle le formulait même, j'attends de voir cet homme mourir. Pas j'attends sa mort, non. J'attends de le voir mourir, de voir sombrer sa carcasse croulante, de le voir révulsé par la peur, submergé par sa permanente pitié de lui-même, affolé de sentir le néant le saisir. C'était cette déroute qu'elle attendait, le spectacle de cette déroute. Elle s'y préparait de longue date comme à une réparation naturelle de tout ce qu'elle n'avait pas vécu. Elle, elle était morte tant de fois déjà, tant de fois happée par le vide qu'elle était désormais béante de cette seule attente.

Quel droit lui ai-je donné sur ma vie ? À ce point ! Comment a-t-il pu tout me prendre, jusqu'à moi-même.

L'amour ? D'accord, oui, au début. Mais après, quoi ? Pourquoi ? Ce n'est pas vrai que la vie passe vite. Cela a été si long, si ardu, si confus. Pourquoi avoir laissé faire, sans révolte. Peut-être cette force inépuisable des femmes à tout accepter, à se justifier de tout par cette acceptation même. Comment ai-je pu remettre ma vie, toute ma vie entre les mains de cet être décrépi, que je traite depuis si longtemps déjà comme un objet qu'on tourne et retourne, qu'on déplace du lit au fauteuil et du fauteuil au lit, sans un mot désormais, plus un mot. L'habitude de ses yeux glauques qui me suivent dans la pièce sans que je sache jamais s'il me voit ou s'il me reconnaît. Parfois même à travers les murs, malgré les murs, je les sens qui me suivent avec la même hébétude. Des yeux jaunes, rendus hagards par la peur que je parte, que je le laisse, lui qui tant de fois m'a dit de partir comme on frappe un chien qu'on jette dehors. Ses yeux toujours là. Des mendiants. Mais de quoi ?

Je ne veux plus donner. Je n'ai plus rien à donner. Tu n'auras rien. Tu m'as tout pris.

3.

Moi, ce que j'aime dans les pubs, les bars, les bistrots, que ce soit dans les grands hôtels impersonnels ou dans des bouis-bouis infâmes des rues sordides des grandes villes, ceux qu'on trouve sur tous les ports, dans tous les coins paumés, c'est cette fraternité de comptoir qui fait qu'on ne se connaît pas mais qu'à boire ensemble, à s'imbiber, à se poivrer soigneusement jusqu'à atteindre un certain degré de biture, on peut se déballonner sans complexe, on peut se répandre sans vergogne, parler de tout à l'autre, de soi, de la baise, du désespoir et de la mort. De tout ce qu'on ne dit jamais parce qu'on n'oserait pas. Je sais alors que ce que je vis, les autres aussi le vivent d'une autre façon, mais c'est pareil. Je n'ai pas peur de dire alors que je me branle parce que ça fait des années qu'un homme ne m'a pas donné du plaisir, même si des hommes j'en achète chaque fois que j'en ai besoin, que je me branle en réveillant les fantômes d'hommes que je n'ai plus ou que je n'ai jamais eus, que je me branle parce que le plaisir, ça n'est pas quelque chose de poétique mais quelque chose de violent, de frénétique, comme une brûlure ou une démangeaison.

Pourtant, des gigolos, j'en ai eu des tonnes. Mais il y a une telle distance entre ce que j'affiche pour rassurer la galerie et la tristesse des travailleurs de la chair. Parfois l'argent ne suffit pas à déclencher leur cinéma intérieur qui leur permettrait de me sauter. Souvent ça les effraye ou ça les choque cette femme qui s'achète l'amour comme on achète une pomme. Et quand ils y arrivent, à me sauter, ça n'est pas toujours reluisant. Au fond, tout est grotesque, et rien n'a de sens. Comme on est bête d'y croire encore, de faire semblant d'y croire...

1.

Ça va passer, ça va passer, j'ai répété ça combien de fois et que ça irait mieux un jour mais ça ne passe pas. Ce trou dans la poitrine qui s'ouvre et aspire tout mon souffle et me laisse brisée. Si fort que même les côtes, même l'ossature du dos font mal. Pliée d'un coup. Ça n'a pas passé, ça s'aggrave plutôt ; tout tourne, tout s'abolit. Comme dans les jeux d'enfant fermer les yeux très fort, arrêter de respirer. Mais la douleur est toujours là. Parfois si mal que je m'allonge par terre. Je me dis qu'un chien aurait moins mal que moi. J'attends que la douleur reflue. Et quand la dureté du sol me meurtrit enfin le dos alors je sais que je suis rendue à la vie. Mais toujours la sensation d'agonie, de mort lente, loin au fond de moi comme un râle permanent que j'entends.

# *Y.2*

Non, je ne suis pas folle, un calmant oui, si vous voulez, il a fallu si longtemps pour que cela en moi s'accepte. La chose noire qui sortait de moi hors de ma volonté, souillait mon linge, laissait ses traces au bord de mes cuisses. Taches tenaces parfois croûteuses qui durcissaient de sang la dentelle au bord des culottes et entaillaient la chair trop tendre à l'intérieur de l'aine. Rage devant ce rappel gluant à la laideur. Le choc toujours égal devant le blanc du pantalon ou de la jupe maculé une fois de plus. Et l'effort pour réparer. Effacer la tache. Le vieil enregistrement automatiquement déclenché, celui qui véhicule l'expérience des mères et des grands-mères, qui vous inclut malgré vous dans le long chapelet des menstrues de chaque génération, de tabous, de souffrances tues : celles qu'on baisait quand même, caprice de mâle, celles qu'on ne touchait pas ou qu'on chassait du lit, les sales. Moi, récupérée, réinsérée comme toutes les autres dans le troupeau immémorial des femmes sans visages, les battues, les violées, les scandaleuses, les humiliées. Les interdites. Et toujours cette fleur noire souillant la lingerie, le vêtement, le drap, salissant tout de l'intimité, ramenant toujours le plaisir au sang. Et par-dessus tout le vieux discours des femmes qui lavent, frottent, rénovent... Et vous disent que vous avez de la chance, vous, d'avoir échappé aux serviettes cousues main qu'on étendait chaque mois sur la corde à linge, avis donné à tous de votre vacuité. De l'eau froide... Longtemps. Sans savon... Attendre que cette glaise se défasse, alors seulement frotter.

Ça grouillait sous moi, une brûlure au bord des lèvres de la vulve ou un flot brusque comme un goulot qui se débonde. Et toujours le même dégoût, comme le premier jour de la première tache qui m'a laissée à moitié évanouie sur le bidet où ma sœur me maintenait en débitant ces poncifs éculés chargés de me calmer, que c'est comme ça qu'on devient grande, qu'on devient une femme. Parce qu'on ne m'avait rien dit, bien sûr. Comme si chaque femme tirait son sens de la résurgence de cette eau noire qui prend sa source dans la part la plus obscure d'elle-même. C'était obscène cette entrée triomphale dans la grande compagnie de la tache dans cette salle de bains où toutes, sa mère, ses sœurs, savaient pourquoi elle saignait, sauf elle. Bien des années plus tard, toutes ces questions sur sa fille pour savoir si elle avait ses règles, si ses seins poussaient, supputations à voix basse de vieilles maquerelles calculant le prix de la chair fraîche. Elle les avait vomies.

Et je pleurerais à présent sur ce moment qui m'exclut du troupeau ? Oh ! Non ! plutôt danser et chanter d'être libérée enfin des mains des vieilles lourdes de leur expérience, de leurs mots passés d'âge en âge, usés sur les seuils de toutes celles qui furent livrées, violentées, possédées parce qu'elles sont faites pour ça. Et je le porte haut ce sang détesté longtemps, en balafres noirâtres sur mon visage et sur mon corps, parce qu'il va se taire enfin. Pas du vrai sang qui coule clair et brille au soleil dans la poussière sous le mouton sacrifié, qui éclate sur les chemises ou les torses des fusillés, fleur de vie vibrant jusqu'au sein de la mort, mais l'autre sang, tu, caché, à la fois toujours attendu et toujours renié, celui qui sauve de la grossesse indésirable et sert d'excuse au refus du plaisir partagé.

Ce fleuve desséché en moi me détache de l'homme que j'ai aimé trente ans durant et qui ne veut plus de moi. Avec ce sang tari, toute ma vie habitée des autres, jetée à pleines mains dans le vent de leur amour, s'efface. Et je reviens à moi-même, à cette autre d'avant la tache, à celle de l'enfance et dans mon corps vieilli, sous ma peau qui commence à flétrir, se réveille la fraîcheur des muscles tendus par la course et la chaleur de la mer en été, loin là-bas, enfin, tout près.

2.

Elle ne se regardait plus le matin, pas même pour se laver ou se coiffer. Des gestes toujours les mêmes pour se faire propre qu'on fait en aveugle. Pendant des années dans sa glace, cette tête de noyée et ce vertige devant ce désastre quotidien. Des années durant quand elle ne faisait pas, cette angoisse de ne pas faire, de n'avoir pas assez fait qui la réveillait même quand elle pouvait faire la grasse matinée. Comme un coup de poignard tous les quarts d'heure qui l'empêchait de retomber dans un demi-sommeil. Et puis un jour elle s'était autorisée à ne plus faire. Et elle avait attendu et elle les avait regardés les autres, inquiets et déroutés de ce qu'elle ne faisait plus, elle les avait regardés l'œil en coin, presque un sourire aux lèvres, comme ces enfants aux yeux baissés dont le visage se fige en un masque aigu et buté.

C'était une décision sans raison : désormais les regarder, en face d'elle qui ne ferait plus. Le visage de noyée était toujours là tous les matins dans la glace mais il n'avait plus le même sens. C'était juste la reconnaissance presque rassurante de tout ça, la chiennerie de la vie, qu'elle s'était trompée et qu'elle le savait et que tout ressemblait dans ce qu'elle avait vécu à ce visage défait, pas seulement vieux et ridé mais passé, affaissé, inexpressif, les yeux usés et las. Et elle ne faisait plus rien pour le masquer. C'était son visage de tous les jours, le même qu'elle amenait chez le boucher et la boulangère, fade et gris, un pauvre visage, une gueule de chien qui avait reçu sa raclée.

1.

Parfois j'ai si froid tout au fond quand je me dis que rien n'a servi à rien, que tout ça c'était du vent et que j'ai rêvé ces choses, l'affection, le désir, la chaleur partagée, la tendresse... que je reste assise contre le chauffage central, accroupie par terre à sentir passer ma vie. La chaleur dans mon dos jusqu'à la brûlure et au ventre cette glace qui brûle autrement. Être si faible, si malade d'être ; ne plus avoir conscience de ses membres, le corps comme anéanti, abruti par la fatigue, les courses de toutes sortes, les criailleries... Et là contre le radiateur pour un moment, je sais que je suis invisible, insaisissable dans la défection même de mon corps. L'insensibilité, suprême refuge et le reflux de tout l'être, loin, très loin.

Et alors l'îlot de l'enfance retrouvée, les doigts verts et lumineux des figuiers au printemps dressés tout brusques contre le ciel bleu et pleurer. Et puis la crampe, la jambe tordue à la vie par la douleur, la crispation du muscle contre laquelle il faut se déplier, se détendre et je sais que je retrouve ce corps d'adulte, trop grand, trop lourd, trop triste.

2.

Ne plus parler, ne plus parler. Jamais. D'ailleurs à quoi bon. Pour quoi dire ? Ne plus parler. Tout refermer sur soi, se replier sur cet espace si étroit, tout ce qui reste au fond, soi. Cette étroite bande de l'être qui a résisté, le dernier carré, l'ultime territoire tout proche de ce qu'il faudra abandonner à la mort. Enfermée en soi.

Tout de la vie l'a murée. Il a fallu des palissades toujours plus et des strates et des strates de silence. Ainsi parfois se retirer au centre du vide, un grand blanc, feutré et doux où tout de l'extérieur vient mourir. Une grande plage blanche où tout oublier et l'infini silence quand on est seulement avec soi.

3.

On meurt des autres longtemps. D'une mort lente, laide, douloureuse. Triste. À petit feu. Pire qu'un cancer avec des rémissions, des moments où on y croit. Qu'il va changer, qu'il va revenir à la raison, qu'on retrouvera avec lui les moments grisants du début. Alors on se fait douce, attentive, complice et de tout son être on désire le moment où tout rentrera dans l'ordre. Quel ordre ? Si son ordre à lui c'est de gueuler pour rien, de briser à coups de pied ou de poing une porte qui lui résiste. Si son ordre à lui c'est de vous flanquer une beigne parce qu'il est énervé ou que vous l'énervez ou que vous avez dit ou que vous n'avez pas fait... Une beigne d'abord puis le poing et quand vous êtes à terre les coups de pied dans le ventre et les côtes ? Et l'exaspération, la haine, le désir de casser, de broyer, d'annihiler, au point de vous piétiner.

Elle n'avait jamais connu ça : elle avait tout résolu par l'argent, l'argent qui faisait de ses amants des chiens couchants : sa fortune restait pour eux un mirage fascinant et elle en jouait désormais avec une savante cruauté.

Alors elle avait regardé les autres, réduites à néant par un geste, un mot, parfois même un silence pire encore que la violence. Libre. Et depuis, elle restait là en marge de leur souffrance. Mais toujours la fascination la ramenait à ces fantômes de femmes perdues à jamais pour elles-mêmes. Devenues des endroits de plein-vent où on passe en gueulant, en râlant, sans voir. Où on dépose tout ce qu'on ne veut plus. Un bord de trottoir sordide et banal à pleurer, voilà ce qu'elles deviennent. Et elles restent là, béantes, à considérer sans comprendre ce charivari autour d'elles, les hommes, les enfants, les copines et toujours pareil gueuler ou pleurer. Elle avait parfois l'impression d'être revenue au temps de la horde originelle, celle où les femmes chargées de reproduire et de nourrir ne duraient que le temps nécessaire à cela. Elle ne voyait plus dans les femmes qui l'entouraient que les autres femmes, celles dont les médias diffusaient les images tragiques, les mères à genoux devant un corps déchiqueté, les jeunes filles battues et violées, les affamées qui d'un revers de main chassaient les mouches du visage exsangue d'un enfant mourant, les égarées dont les yeux brûlaient dans des faces immobiles, et elle était submergée par cette puissance de l'inertie, de l'acceptation, de la passivité des femmes. Qu'est-ce qui leur permettait de traverser les épreuves, les mépris, avec cette patience qui l'étonnait toujours ?

Pour celles qui l'entouraient, elle savait que loin des braillements, des injures, des tristesses profondes il y avait ce néant salvateur : le travail et son univers merveilleusement neutre où même les ambitions, les inimitiés, les demi-crimes, les révolutions de couloir sont codifiés, silencieux et discrets, où tout aide à se diluer dans les tâches à faire. Celles-là bénissaient la journée à tirer pour arriver au soir enfin si lourdes et si lasses que le grand tohu-bohu de la vie personnelle s'estompait derrière la fatigue et l'abrutissement délicieux de la vie professionnelle. Que les coups faisaient moins mal, qu'elles restaient alors merveilleusement indifférentes aux méchancetés, au déversoir incessant de la violence, avec cette sérénité de la bête à la mort et sa jouissance aiguë de savoir qu'elle ne se relèvera pas, qu'ils frappent pour rien, enfin.

Elle, elle n'avait pas eu à vivre ça, pas de mariage, pas de travail, pauvre petite fille riche, mais elle les avait vues les autres, elle les avait écoutées, toutes celles qui traversaient son élégant silence et qui y déversaient leurs angoisses et leurs assez, toujours proclamés et toujours repris.

1.

Elle avait été comme les autres, celles qu'on regarde derrière leurs vitres dans leurs voitures luisantes de trop de propre. Claires dans leur peau pulpeuse, dans leurs cheveux soyeux, avec des enfants lumineux à l'arrière et des éclats brillants à leurs doigts polis.

Je suis tombée moi aussi dans ce piège. J'ai cru à cette façade lisse et sans ombre. J'ai pensé moi aussi qu'il suffisait de tout contenir de la vie, qu'être dans la lumière abolissait les désirs, les rancœurs, les reproches, la violence. Que tendre de tout son être à composer ce tableau harmonieux pouvait résumer le sens de la vie. Que c'était une œuvre à créer chaque jour et que, comme le peintre, je pourrais immobiliser à jamais cette image d'une vie sereine et transparente.

Mais j'ai eu tout faux : la vie ça bouge tout le temps, ça ne peut se saisir et quand on a mis si longtemps à se tirer le portrait, à cadrer un plan d'ensemble satisfaisant, la vie elle a foutu le camp ailleurs. Et tout ce qu'on s'est efforcé de composer c'est mort.

Un jour elle avait traversé le miroir : tout était usé, cassé, foutu et la belle image n'était plus qu'un dépotoir. La poupée trop bien peignée au volant de sa voiture trop neuve, il faut l'être combien de temps, vingt ans, trente ans ? On doit passer toutes ces années à retoucher la photo jusqu'à ce qu'elle devienne ce petit bout triste et sale de quelque chose qui n'est plus et dont on ne sait même pas si ça a jamais été.

Et au bout du compte, il y a l'autre imposture, pire encore. Le coup de la dignité dans la douleur, ne pas crier, ne pas pleurer, ne pas se vautrer. Et si j'ai envie moi de me rouler par terre et de gueuler, de gueuler à n'en plus finir, de gueuler à me casser la voix ? Comme un cochon qui sent l'égorgeoir. Ils n'avaient pas compris quand elle s'était mise à hurler, comme ça, à hurler un cri qui ne ressemblait à rien, qui sortait de si profond en elle qu'il n'avait même plus le son de sa voix. Et au lieu de s'éparpiller dans l'air, ce cri de son ventre l'avait constituée, rassemblée au point de lui donner la force d'accomplir enfin le geste de la rupture, le geste symbolique plus fort que la parole qui engage dans la voie d'où on ne reviendra pas.

3

Qu'est-ce que je fous là ? La même question chaque jour et toujours plus idiote. Encore maintenant, qu'est-ce que je fous là ? Je suis ailleurs, je suis dans un ascenseur et il est là contre moi. Il pèse de tous ses membres sur mon corps. Sa poitrine froisse mes seins. Je sens contre mon ventre son membre qui se tend, ses lèvres sur ma bouche, sa langue contre mes dents et sa salive que je bois et que je lui rends. Si vite ensuite. L'ascenseur arrêté, ma porte, la serrure, la clé, l'appartement sombre, ses mains sur mon dos, sa langue sous ma langue, mon ventre brûlant et en moi qui s'ouvre, cette fente béante. Il prend mes cheveux à ma nuque. Dis que tu ne me veux pas. Je ferme les yeux devant les siens, si loin. Son sourire. Plus de mots. Un soupir un souffle qui part de mon ventre et qui n'est pas ma voix. Je te veux. Ouvre les yeux et dis-le en me regardant. Je te veux, je te veux, je te veux. La ceinture, les étoffes qu'on chasse et qui résistent et soudain, là dans la main, ce trésor, ce bois d'homme dont je caresse la douceur. Satin sous mes doigts, l'humidité du gland. Encore des vêtements, les miens. Mes seins hors du soutien-gorge je ne sais comment, mon ventre qui se tend et son pénis qui y laisse sa trace mouillée. Il me soulève. Je me pends à lui.

J'écarte mes cuisses, je te veux, je te veux, je te veux. Il rit et s'enfonce en moi, déchirure et sillon de joie, et je mords son épaule. Tout son corps est comme son membre, je ne suis plus que cette folie qui se creuse autour de lui et l'enveloppe. Tout brûle. Pourpres sous la paupière, doigts frénétiques. Un mot, viens, viens, qui roule au-delà des corps enchevêtrés. Tout devient noir. Seule la pointe du plaisir au creux du ventre et le battement en moi d'un sexe d'homme qui donne sa voix à mon corps de femme.

C'était quand ? Hier, tout à l'heure, demain. Qui c'était ? Je ne sais pas, un type ramassé dans un bar et qui m'avait paru beau, sûrement fauché. Et ça sera le même tant qu'il y aura des hommes à vendre. Comment c'était ? La merveille toujours recommencée du sexe pur, montée du sang noir et désir rouge qui laisse apaisé quand tout finit.

1.

L'angoisse des rendez-vous dans cette vie où elle est devenue un outil, un moyen pour ses enfants d'aller d'un point à un autre, souvent pas assez vite, parfois pas à temps. L'angoisse du moment où il faut arriver au point donné, au lieu doublement consenti, reconnu, répété pour être celui où ils l'attendront, où elle sera là, où ils la guetteront, où elle viendra les chercher, un lieu évident, un endroit immanquable, arrêt de bus, devanture de magasin, angle de deux rues, définis, précisés, répétés, sur une place devant un café. Et eux pas là. L'horreur du rendez-vous. La peur, ce n'est pas possible, je suis venue trop tôt ou trop tard. Se mettre en double file, se garer. La peur qui coupe le souffle.

Brusquement tous les dangers et la certitude d'avoir été inconsciente, négligente. Ces bus monstrueux et eux si petits. Le trafic incessant et leur taille, les reportages le disent bien, qui ne leur permet pas d'apprécier le danger, les voitures qui vous les fauchent même sur le trottoir, et les autres, les fous, ces choses que décrivent les infos, ça n'arrive pas qu'aux autres, c'est si facile de pousser un enfant dans une voiture ou de l'attirer sous un porche. L'affolement, le souffle qui reflue, les avoir perdus, les avoir perdus. Les façades, la rue, la foule, un monde de carton-pâte soudain, une seule vérité grondant au rythme du sang cognant dans sa tête, martèlement dans la pensée raréfiée, les retrouver, les retrouver. Les allers-retours, les déductions, où ils seront allés, ce qu'ils auront compris des consignes, analyser, reconstituer, traquer l'instant où s'est établi le malentendu. Et pendant une demi-heure, la quête hagarde, le sentiment d'accéder à la folie.

Et toujours des retrouvailles ailleurs, à deux pas, sur le trajet de la maison, parfois à la maison même où elle n'aurait pas pensé les trouver. La surprise et la dérision pour son bégaiement, ses larmes, mais tu avais dit, on avait cru, j'ai oublié, on a pensé, pire encore, le je sais pas, l'air buté, l'hostilité qui la laisse à son sentiment de culpabilité.

2.

Quand on pense à cette folie des corps dans la jeunesse, ce désir de l'autre qui fait de lui un continent, pas seulement des repères géographiques à acquérir mais toute une civilisation à découvrir. Quand on pense à cet appétit de l'autre jamais assouvi, cette prise de possession, réaffirmée sans cesse par ce baiser inextinguible de la jeunesse, cette illumination longtemps, ce miracle de l'autre...

Et puis, insensiblement, l'autre redevient lui. Chacun au fil du temps se barricade dans son corps redessiné. On perd ses propres traces. Il y a encore quelques fulgurations, quelques moments de délire à deux où on ne sait plus faire le départ de soi et de l'autre. Mais hors de l'autre, le corps se raccourcit, s'étiole, revient à son étiage initial et la grâce que lui conférait l'amour s'éteint.

Il devient désormais cette carcasse, cette lourde chose anguleuse et informe. Une chose triste et vagissante pour qui on ne peut avoir la tendresse qu'on éprouve pour un enfant parce que c'est grand, c'est laid, c'est lourd, que même en s'arc-boutant on parvient à peine à faire mouvoir cette masse flasque du presque cadavre, parce que ça souille tout et qu'on en a marre de la merde, et que c'est méchant, le pauvre reste d'intelligence s'étant dilué dans la haine de l'idiot.

3.

Mon vieux frère. Mon vieux copain. Lui aussi il a bientôt cinquante ans. Il était toujours là pour les coups durs et les javas jusqu'au petit matin. Ronchon comme un vieux garçon. Il semblait devoir toujours être comme ça. Et voilà qu'il m'annonce presque en s'excusant qu'il se marie. Il a mon âge. Il a toujours vécu seul. Et libre. Des aventures bien sûr... Mais jamais longtemps. Des flamboyantes et des ravageuses... Mais jamais pris. Et voilà qu'il se marie. C'est ça la différence entre les hommes et les femmes. À cinquante ans, il peut tout recommencer. Et elle est jolie, charmante, jeune, vraiment fraîche. J'ai dîné hier avec eux. Il a compris qu'il devait s'exécuter quand elle a fait transporter son piano demi-queue dans son appartement à lui. Et avec une veulerie heureuse, il n'a rien dit. Mis devant le fait accompli mais sûrement bien content de l'être. Cette volonté de le conquérir qu'il n'attendait plus. Cette boule de nerfs et de douceur déboulant dans sa vie d'ours pour y déplacer toutes choses avec délices et le laisser vivant d'une autre vie enfin.

Et moi, en comparaison, qu'est-ce qui me reste ? Quel homme de trente ans ou même de cinquante ans pourrait faire irruption dans ma vie au point d'en prendre possession, au point que je pourrais songer à l'épouser, à vivre avec lui, même sans l'épouser ? Plus assez de folie, plus assez d'envie peut-être, le refus de vivre si tard l'amour, la jalousie, le don à l'autre, surtout l'incapacité définitive à percevoir l'autre comme une évidence, une vérité absolue. Seulement des gigolos à perte de vie.

Et ça sera de plus en plus délicat, de plus en plus choquant, de plus en plus obscène, cette femme déjà mûre avec ce trop beau jeune homme, cette vieille, avec son mignon. Refaire sa vie ! La mienne, elle s'imprimera dans tous les nouveaux visages que je rencontrerai. Et dans leur jeunesse, leur éclat, je réfléchirai mes rides toujours plus profondes. Les habiletés du maquillage, les crèmes tous les soirs, et l'esthéticienne, les liftings, les remodelages. Et malgré tout la confrontation aux miroirs impitoyables. Refaire sa vie ! Pour les unes, reniées par leurs fils, pour les autres, traitées en meubles par leurs maris, pour moi irrémédiablement seule jusque dans la jouissance de mes compagnons successifs, la même certitude, la même blessure. Épaves de la vie.

2.

Les salauds. Tous des salauds. Sacs à merde et trous à merde. Qu'est-ce qu'il avait fait toutes ces années. Baver devant sa télé, inerte, pendant que moi, je parlais seule dans ma cuisine, dans les escaliers, dehors. Qu'entendait-il de ce que je disais ? Rien. Jamais. Autrefois ça me faisait rire. Et puis un jour j'ai compris. Qu'il ne m'avait jamais écoutée, pas entendue une seule fois depuis le début. Que je constituais seulement un bruit de fond qui accompagnait sa vie, un gargouillis imbécile, loin, très loin de sa conscience. Et moi, à cause de lui, là, toujours, mou et laid et avachi, j'ai détesté ma maison. Un dépotoir, une poubelle, voilà ce que je l'ai laissée devenir. Il n'a jamais rien fait. Tout lui était dû. Si je ne faisais pas, personne ne faisait. Quand j'ai éclaté, personne n'a entendu. J'avais beau m'insurger. Ils partaient alors, le père et les enfants. J'en ai perdu la voix à force et puis je me suis tue.

Alors, j'ai laissé les choses s'entasser. La merde, elle est partout maintenant et je la laisse monter. Il ne la voit même plus. Il y a croupi ; même s'il l'avait voulu, il n'aurait pas pu s'en dégager. Et maintenant c'est le dernier acte. Le grand règlement de comptes.

Laver, repasser, laver, frotter. Les mains qui brûlent. Les reins cassés. La fatigue, les bras gourds au point qu'on en tomberait. Tout ça pourquoi ? Quand elle avait crié qu'elle en avait assez, qu'elle avait besoin d'autre chose, qu'elle n'en pouvait plus de cette vie de bête de somme, ils ont dit qu'elle n'avait qu'à faire ce que font toutes les femmes et toutes les mères, qu'elle était monstrueuse de se plaindre, qu'elle avait de la chance de les avoir, eux, qu'elle pourrait être seule.

Seule ! Si seulement elle avait pu l'être, seule ! Mais quand les autres sont partis, il est resté là, lui, comme une bûche, aveugle et sourd, à elle et à tout, comme il l'avait toujours été.

3.

Longtemps j'ai eu cette force. Quand elle faiblissait, que sa voix et ses gestes devenaient hésitants et tremblés, j'avais cette force d'écarter d'elle la mort. Et alors elle retrouvait sa joie, son rire perlé, ce frisson de folie qui faisait tout voler autour d'elle. Elle l'avait tant aimée, sa mère, pour tout, même pour son inconscience, cette indifférence frondeuse aux règles, aux tabous. Il avait toujours fallu qu'elle aille voir par elle-même, toujours tenter le coup, qui ne demande rien n'a rien. Têtue, indépendante, irrespectueuse de tout, désinvolte jusqu'au mépris. Et provocatrice. En tout. Sa mère. Elle l'avait tant aimée pour tout ça. Et même pour le reste. Ce refus des stéréotypes qui l'avait empêchée d'être une mère, cette volonté d'enfance qui la faisait jamais adulte, toute sa vie érigée en caprice, à faire le choix du hasard.

Elle l'avait comprise, admirée, tant aimée pour tout cela dont elle n'était pas capable. Elle l'avait défendue, protégée, soignée. Avec une piété absurde aux yeux des autres qui voyaient l'égoïsme là où elle savait la prodigalité, qui la trouvaient superficielle quand elle la connaissait vibrante, profonde, si vraie. Cela seul avait compté pour elle. Et l'immense désert du monde quand elle avait dû partir.

Alors qu'est-ce que c'était qu'un homme au regard de cette flamme qui avait illuminé sa vie, qui avait auréolé son être. Un homme ? Des hommes, elle en avait eu, certains pour ce qu'ils avaient entre leurs jambes, d'autres pour un beau cul ou la douceur de leur peau. Elle en avait même aimé un. Mais aucun n'avait pu lui procurer un émerveillement proche de ça, cette chaleur qui la rendait vivante.

# *Z.1*

Oui, c'est moi Phoolan Devi, la femme-bandit, celle que toutes les polices ont traquée pendant tant d'années. Moi, à la Chambre. Reçue comme la porte-parole des pauvres. Moi, députée, la vierge des désespérées.

Quand je suis rentrée sous la coupole du Parlement, quand toute l'assemblée fléchissait sous l'émotion et s'agitait comme un champ de blé qui se couche sous la tempête, moi je pensais à ceux qui furent à l'origine de mon destin. C'est moi, la femme sanguinaire, qui fus cette petite fille vendue à cinq ans, violée à sept, enfermée avec l'accord de tous dans une cabane à bétail pour servir de jouet aux hommes du village, prise de force tous les soirs, au bon vouloir de chacun, une fois, deux fois, dix fois, laissée pour morte dans un coin, et survivant pourtant dans son sang et ses excréments comme un animal.

Sans eau que l'eau de pluie. Elle avait creusé des trous dans l'argile du sol pour récupérer celle qui sourdait du toit de branchages. Sans nourriture que celle glissée par quelque femme qui se taisait. Sans lumière, sans autre contact humain que le viol qui se déchaînait chaque soir et dont son corps était l'objet. Elle avait appris à réfréner ses cris de souffrance et elle s'était réunie tout entière autour de sa haine, sa seule richesse. Elle les regardait faire comme si c'eût été une autre, et chaque humiliation, chaque coup, chaque violation de son enveloppe charnelle, elle les avait comptabilisés au tribunal de sa mémoire et condamnés. Elle avait appris à reconnaître dans le noir les hommes sans visage, elle les avait identifiés à leurs voix, à des marques intimes et elle avait attendu. Attendu que le tressage du fond de la cabane commence à pourrir sous les eaux répétées de la mousson, attendu d'en avoir rongé de ses dents la partie basse, attendu d'avoir glissé dessous son corps aux bras entravés par des liens qui entraient dans sa chair. Attendu qu'ils soient tous mobilisés par la fête du village. Et enfin, après avoir remonté des cours d'eau pour brouiller sa piste, l'épuisement dans un fourré où elle avait dormi d'un sommeil de brute, les mains encore attachées dans son dos.

Alors, la liberté dans ce monde de dangers qui lui semblaient bien dérisoires à côté de ce qu'elle avait vécu chez les hommes. L'isolement et la peur constante lui avaient appris à tout entendre et tout analyser. Elle était devenue une bête parmi les hommes et le monde des bêtes lui sembla le sien. Boire d'abord, boire, avoir à soi l'eau courante dont elle ne se lassait pas. Couper ses liens ensuite. Trouver dans la rivière un rocher assez pointu pour éroder la corde de ses mains. Et chercher à manger et vivre. Vivre c'était bien sûr éviter les villages et se fondre dans la forêt ou les marécages. Là elle avait trouvé sa place et elle avait attendu encore. La vie sauvage lui avait appris qu'elle n'était pas définitivement une victime, que c'étaient les hommes qui l'avaient désignée pour telle et elle avait découvert dans cette lutte pour sa conservation des lois que ni la religion ni le groupe social n'avaient édictées mais qui étaient fortes et vraies : quand tu as faim, voler et tuer sont autorisés car tuer pour se nourrir ce n'est pas de la sauvagerie, c'est le devoir de vivre. Elle avait découvert qu'on pouvait chasser avec respect, pêcher en demandant au fleuve son autorisation, cueillir en bénissant la terre. Et elle avait survécu sans contact avec la vie des hommes dans la vallée.

Quel âge avait-elle quand elle s'était trouvée face à face avec cet homme qui s'était assis et avait sorti devant elle ses galettes et son riz ? Elle ne savait pas : des années sans compter le temps. Des années déjà que revenaient régulièrement ces saignements qui l'avaient d'abord terrifiée et auxquels elle s'était ensuite habituée. Il n'avait rien dit, l'homme. Pas une parole, pas un regard. Il avait ouvert le paquet de feuilles où se trouvait le riz bouilli et l'avait posé devant elle. Puis il était retourné s'asseoir. Ils étaient restés là longtemps, elle fascinée par la nourriture des hommes, le souvenir lointain de sa mère avant qu'elle soit livrée à tous par sa mort et l'odeur qu'elle avait oubliée et que ses sens de bête sauvage décuplaient ; lui, assis sur une souche, les bras appuyés sur son bâton, le regard détourné pour lui permettre de manger. Elle avait flairé d'abord et avait mangé à même les feuilles avec précaution, attendant de lui le geste qui la piégerait ; puis elle avait tout dévoré, ne comprenant rien à son immobilité sereine. Et il s'était levé et était parti. Alors, sans savoir pourquoi, elle l'avait suivi, de loin en loin. Il s'enfonçait sous les larges feuilles de la forêt, toujours plus haut et elle s'était rapprochée. Sans savoir pourquoi. À l'orée de la clairière qui menait au campement, il avait laissé un autre paquet de feuilles et s'était éloigné. Et tous les jours sous la même touffe d'herbes elle avait trouvé un peu de nourriture humaine et elle était restée longtemps à observer ce camp où se trouvaient hommes, femmes et enfants. Les hommes partaient, certains à cheval et elle s'était mise à les suivre parce que lui était là ; elle les voyait dépouiller les paysans, emporter le bétail, trancher des mains et des gorges et revenir ripailler dans la montagne. Elle avait appris leurs chemins ; souvent, plus rapide qu'eux, elle les devançait au but. Elle les regardait faire, s'exaltant des violences qu'ils infligeaient aux gens de la vallée.

Mais un jour, l'homme au riz avait été pris à revers, il semblait devoir succomber au nombre. Alors elle avait surgi de derrière un mur et sans savoir comment, elle avait planté ses dents dans la gorge d'un des assaillants. Comme une louve. Et elle n'avait pas lâché. Elle avait goûté au sang de l'homme coulant dans sa bouche et elle s'était sentie désormais insatiable de ce sang. Tous, villageois et bandits étaient restés cloués sur place, tandis qu'elle se pendait à cette gorge que ses dents déchiraient. L'homme l'avait alors tirée par le bras et elle était revenue à cheval, couverte du sang qui fumait dans la moiteur de la forêt.

Au campement, on l'avait installée sur une estrade et les hommes avaient jeté sur sa nudité les tissus arrachés aux coffres des paysans. Ils avaient déposé devant elle les produits du pillage, poulets entravés, sacs de riz, outres d'huile et les femmes avaient fait monter la fumée de l'encens devant sa face comme devant Shiva. Alors elle avait décidé que ce peuple serait le sien.

3.

La discipline quotidienne : se refaire le visage, harmoniser les nuances des vêtements et des accessoires, créer l'élégance, surtout acquérir cette vacuité supérieure qui vous rend présente aux autres, si agréable, si compréhensive et on vous en aime tant. C'était la seule chose qu'elle eût vraiment apprise. Mais au fond, elle éprouvait le désir de tuer tous ces gens qui vivaient dans l'apparence, de mettre en pièces leur vie si harmonieuse, si policée. Alors, la boisson.

Un verre après l'autre, avec application. Le salut dans l'alcoolisme mondain. Et quand elle avait de la chance, qu'elle avait atteint le nombre de verres nécessaires, la Révolution dans sa tête : les aligner tous, les amies suaves et toujours prêtes à s'apitoyer sur sa solitude, les compagnons charmants et superficiels, les banquiers et les notaires, les aligner tous contre un mur et tirer. L'écho de la mitraillette dans sa tête, le jet régulier et dévastateur des balles, les cervelles qui sautent, les os qui éclatent, les grosses fleurs rouges qui éclosent partout dans les chairs, les perles et les diamants. Encore un whisky ? Je finis le mien merci. À l'abri de ses yeux à demi fermés, sous les paupières, le sang et la jouissance de la destruction, dans le ronron feutré des conversations polies.

2.

Quelle sûreté dans la cruauté ! Un mot et on reste là le souffle court. Un mot aussi précis qu'un coup. Et là, ce n'est pas l'arcade sourcilière qui éclate mais quelque chose au-dedans. Les membres mous, la tête bourdonnante et la fuite de tout autour de soi comme si on se vidait. S'asseoir, s'asseoir pour reprendre haleine.

Moi aussi pour échapper à tout ça, j'ai pris des comprimés un soir. Beaucoup de comprimés. Trop de comprimés. Et je me suis laissée glisser. La déroute, la descente au néant. Pourquoi ? Ma mesure était pleine. Ils sont rentrés trop tôt. Il a fallu revenir. Revenir à la solitude, aux paroles haineuses auxquelles on se heurte sans cesse comme aux angles trop pointus des meubles, au lent étouffement. Revenir pour rien. Ils ne m'ont même pas regardée davantage. Je suis restée un espace qu'on traverse comme un autre. Un vide quoi.

3.

Tous les êtres qu'elle connaissait étaient gluants de médiocrité. Parfois leur tristesse, leur laideur la touchaient mais ils ne lui étaient pas proches, ils étaient pour elle les gens du dehors. Ceux qu'elle comprenait, dont elle saisissait immédiatement la langue, malgré son argent, sa maison trop propre, sa voiture luxueuse, c'étaient les miséreux, les vrais, ceux dont la peau gercée par le froid, sans soins, suppure à la fin, ceux qui n'étaient plus que bleus et croûtes et qui vivaient en traînant leur journée de misère d'une insulte lâchée au matin à la porte fermée le soir. Elle les aimait, elle la riche, l'inutile, comme sa seule famille, avec leur puanteur, leurs dents noires et ébréchées, leurs yeux injectés et leurs paroles incertaines. D'autres avaient résolu le problème : ils ne les voyaient jamais. Elle, elle les attirait. Depuis toujours. Et quand ils ne venaient pas jusqu'à elle, ils étaient présents en elle par leurs images ramenées sans cesse par sa mémoire.

Alors elle buvait. Pas pour oublier mais pour glisser plus sûrement vers eux. Elle partageait ainsi un instant la réprobation, l'incompréhension, le mépris des autres, ce qu'ils vivaient, eux, chaque jour. Elle aimait particulièrement ce moment où, pas encore assez saoule pour s'abandonner à l'inconscience mais déjà libérée par la bénédiction de l'alcool, elle choquait l'assistance par ses éclats de voix, la troublait par ses gestes incertains, gâchait la soirée par son verre brisé, son rire perlé de larmes. Elle était belle alors, flamboyante de tous ses refus. Damnée. Sûre d'avoir atteint la vraie vie, l'abjection dans la souffrance. C'était ça le sens de la vie, pas la souffrance rédemptrice des autres, celle qui vous fait vierge quand vous avez toujours été putain. Non, celle des pauvres, celle des trois qui l'avaient arrêtée devant un DAB, croûteux eux aussi, lavés du matin, mais juste sur le dessus alors que sous les habits défraîchis, elle le savait, suppuraient l'ulcère et les dermatoses à peine soignés.

Quand elle avait donné son argent, ils s'étaient reconnu le même poids de souffrance, le même poids d'abandon, de vie harassée de tristesse et le premier avait demandé un baiser. Et ils s'étaient mis en rang comme des petits devant leur mère pour la distribution du soir. Et la troisième, elle pouvait à peine parler tant elle était saoule, mais elle savait le sens du baiser et elle l'attendait elle aussi. Elle les avait baisés sur le front l'un après l'autre, consciente de faire quelque chose d'interdit mais saisie d'une émotion sacrée. Quels mots pour dire ? Le regard peut-être. Les passants s'écartaient gênés devant cette chose grotesque comme devant une grande plaque de dégueulis. Ces poivrots qui s'embrassaient comme à la messe !

# *Z.2*

Oui c'est moi, Phoolan Devi. Et j'entre au Parlement, moi, la vierge des pauvres. Je ne sais pas s'ils vont me huer ou applaudir. Mais dans ce moment suspendu, j'éprouve la même jubilation que le jour de ma vengeance. Quand cette bande de miséreux dont j'étais devenue la déesse et la guerrière a enfin pris possession de mon ancien village, alors j'ai rendu, comme Dieu, la justice et j'ai fait comparaître mes tortionnaires devant le tribunal de ma volonté.

Bien du temps avait passé alors depuis mon premier exploit et j'avais écumé les montagnes et les vallées, imposant partout un nom qui faisait frémir les uns et réjouissait les autres. Ma troupe s'était gonflée de tous les désespérés que la cruauté des maîtres et l'avidité des usuriers avaient jetés sur les routes. Ils étaient enfin là les trente-trois qui m'avaient violée pendant des jours et des jours, trente-trois pieds et poings liés, trente-trois qui suppliaient. Alors lentement, de ma propre main, j'ai découpé leurs parties génitales et ils pouvaient s'entendre hurler et geindre, j'en ai fait une ceinture et j'ai dansé nue sous la lune tandis que leurs sangs mêlés vernissaient mes jambes, dans le son des tambours et de la cithare, jusqu'à ce que leurs plaintes s'éteignent une à une.

Oui, c'est moi Phoolan Devi. Dans ces minutes où j'attends l'adhésion ou le rejet de l'Assemblée, je ne pense qu'à ce moment d'ivresse où ma vengeance rendait à l'enfant suppliciée le poids de sa souffrance désormais assumée par les bourreaux, à un taux usuraire. Je suis Phoolan Devi : la foule dans les coursives de la rotonde scande mon nom et les députés sont eux aussi saisis de cette folie. J'entre sous la coupole au milieu des applaudissements. Et avec moi, marchent dans les acclamations, tous les enfants souillés, violés, battus à mort, tous ceux dont la rage de vivre a été brisée comme leurs mains, leurs dents, leurs membres, peuple d'ombres que chacun de mes pas réveille.

2.

Au moment où ça allait le plus mal, où tout foutait le camp, il m'a fait un enfant. Je ne sais pas comment. On ne faisait même plus l'amour. On était comme des souches. Il m'a fait un enfant. On était dans le rouge, il fallait vendre la maison. Ma vie foutue, tout en l'air et là-dessus un enfant. À cinquante ans. Il est venu pas normal. C'était trop. J'ai décidé de l'abandonner. Souvent après, j'ai pris le grand couteau de cuisine. Pour me tailler les veines. Il serait rentré pour trouver du sang partout. Et moi morte. Souvent. Le couteau de cuisine. Maintenant, c'est moi qui le regarde crever à petit feu.

Est-ce que c'est mieux ?

3.

La futilité mange la vie plus que le travail le plus sérieux. À ne rien faire, à faire tant de choses insipides, je n'ai pas eu le temps. J'ai oublié que j'existais.

Elle avait d'abord fait ce que lui demandaient ses parents ; elle les aimait. Elle avait vécu comme le faisaient ses amies ; c'était facile. Et de l'un à l'autre elle s'était perdue dans des détails, la ceinture d'une jupe, des chaussures à choisir dont sa vie semblait dépendre. Mille riens agréables et légers grâce auxquels elle glissait ses journées. Il y avait eu un homme pourtant. Sa vie aurait pu basculer. Il était devenu une évidence. Et puis... Aujourd'hui une poitrine d'homme me suffit. Pleine et dure, où froisser ma joue pour une nuit.

Tout ça est trop loin.

2.

Un jour je ne sais plus, vers cinquante, cinquante-cinq ans, les choses se sont retirées de moi. Comme quand, enfant, on prend un bain, qu'on enlève la bonde et que l'eau se rue vers cet orifice si étroit où on croit un instant devoir disparaître. J'ai regardé ce tourbillon menu qui avalait ma vie, détruisait mon passé. J'ai fixé ce trou et je me suis retrouvée vieille, pauvre et laide. Comme dans les jeux de l'enfance où on s'arc-boute contre le ventre rond de la baignoire, j'ai cherché à prendre force des épaules dans ma vie. Mais il n'y avait plus rien.

L'autre, un étranger. Ma maison, un désert au milieu duquel je restais les bras ballants comme sur une autre planète. Et ma vie, juste des gestes, ceux qu'on avait toujours attendus de moi et que je répétais depuis des dizaines d'années sans me poser de questions. Plus de force. Et je suis restée là à fixer ce trou par où tout est parti et qui s'élargissait sans cesse. Plus rien de ma vie que du noir.

3.

J'aurais dû accepter ce que la vie donnait. Le scénario de fond, celui inscrit de tout temps en moi. Hérité de ma mère, imposé par mon milieu. J'aurai dû accepter. Être un objet – un objet adoré, encensé, voué à la parure, au silence, à l'immobilité. Accepter d'être ce sphinx souriant et rien d'autre. Cette divinité avenante et creuse. Tellement d'autres autour de moi. Tous ces sourires rutilants sous le rouge, les dents trop parfaites de ceux qui ont les moyens et le temps. Sourires figés. Au-delà de toute satisfaction, de tout bonheur, façade imposée, vitrine aussi pour l'homme qui les a achetés et qui les montre, comme un trophée, comme un signe de plus de sa richesse et de sa fatuité.

J'aurais dû accepter. Mais j'avais trop d'orgueil et trop de lucidité pour me lancer dans ce jeu de la séduction au bout duquel il y a un mari, des enfants et cette fausse famille faite de silences, de convenances, d'hypocrisie sociale et de malentendus. Parler, choisir, se poser, écouter et entrer dans cette représentation bourgeoise de la femme, non merci. D'ailleurs elle n'en avait pas besoin, elle était riche, et grâce à ses parents, riche pour toujours. Alors entrer dans l'âge adulte ç'avait été pour elle le moment du défi. Casser les images, briser le silence, rompre le jeu trop harmonieux des miroirs, et danser, danser sur ces débris, ces poussières d'êtres que son caprice crevait comme des baudruches. Shiva moderne. Et les têtes de mort de tous ces imbéciles cliquetant autour de son cou de femme ivre comme autant d'amulettes. Des amants innombrables rivalisant d'élégance avec ses parures, ses vêtements, réduits à n'être que ça, vêtements et parures, faire-valoir de sa beauté, auréole de scandale qui lui tenait plus chaud que toutes les fourrures et faisait rayonner autour d'elle l'envie et la calomnie.

J'aurais dû accepter, peut-être que ça aurait été simple et que je n'aurais eu qu'à l'aimer. J'aurais aujourd'hui la cinquantaine rebondie et sereine, j'aurai dépassé la jalousie, les trahisons, la passion. Engoncée dans ma maternité comblée autant que dans mes bijoux voyants, je me contenterais de penser un dîner, une robe, une visite. Courtoise, lointaine, désespérément harmonieuse même au sein des tempêtes du couple parce que rien ne doit filtrer au-dehors, rien ne doit transpirer de ce qui vous déchire et d'ailleurs ce sont des crises passagères dont on se relève plus forts puisqu'on a pu se parler et s'expliquer. Sans jamais un reproche, sans jamais un cri, il est normal que les hommes soient infidèles, on ne peut pas tous les attacher, et surtout ne pas faire de scènes parce que c'est vulgaire et que quand on pleure on devient laide.

Elle n'avait pas un regret pour cette femme gavée qu'elle n'avait pas pu être. À vomir tout ça.

J'ai eu raison. Contre eux tous j'ai toujours raison.

2.

Toute une vie à ne plus penser. Apprendre à ne plus penser. Arrêter le mot, arrêter l'idée avant qu'ils n'affleurent à la conscience. Le silence et le néant de la brute. On ne peut vivre qu'à ce prix. Et encore. Même comme ça on pense trop. Il faudrait n'avoir rien dans le cœur ni dans la tête. Insensible. Idiote. Voilà, être idiote. Sûr qu'on le devient à force. La vie n'est là que pour ça. Ça vous rend raide de coups, enivrée de misère, gorgée de petites haines et de laides rancœurs. Pleine de toutes ces choses dont on voudrait être vide.

1.

Pourquoi j'ai fait ça ? Pourquoi ? Bien sûr c'est bizarre vu de l'extérieur. Traverser volontairement une verrière, sauter, s'exploser quoi. Mais je n'avais pas envie de faire comme ces mères de famille proprettes qui après avoir fait le repas et couché les enfants vont tout doucement dans la salle de bain et assises sur le rebord de la baignoire s'ouvrent les veines et regardent bêtement leur sang couler. Sans savoir pourquoi. Et glissent par terre sur elles-mêmes comme une bouteille qui se vide et ne s'étonnent pas de tout ce sang, tout ce sang sur le carrelage blanc.

Elle, elle en avait foutu partout du sang mais avec fracas, ces éclats de verre partout entrés dans sa chair, taillant en elle autant de bouches pour dire la révolte. Et elle ne s'était même pas fait mal, rien cassé, seulement ces taches éclatantes sur les vêtements déchirés et ce corps balafré qu'on avait ramené à l'hôpital. Le frisson des gens qu'elle avait vu de dessous ses paupières mi-closes. Leur haut-le-cœur devant son enveloppe de peau crevée et saignante.

Pas propre. Pas convenable. Enfin !

2.

Le pire, toutes ces années, ça avait été, chaque matin, le bruit de ses dents. Dans le silence, sa mastication lente et méthodique, la régularité de ses mâchoires broyant les aliments sans temps mort jamais, quoiqu'elle dise ou qu'elle fasse. Le bruit de ses dents et cette avancée animale des maxillaires qui la faisait penser au cheval ou au bourricot mâchant sa pitance dans le sac de jute pendant à ses oreilles. Elle s'était levée des années durant pour entendre ce bruit monotone qui ne s'arrêtait qu'avec la fin du déjeuner. Même si elle s'asseyait en face de lui, il ne s'inquiétait ni de sa nuit, ni de sa santé, comme si elle avait été transparente. Il levait les yeux et ne la voyait pas comme absorbé dans cet acte automatique qui semblait lui donner une profonde satisfaction. Pendant des années elle avait lutté contre cette présence immobile et bornée. Elle avait fait les questions et les réponses, avait pris des colères, l'avait piqué de remarques aigres, sans jamais s'attirer son intérêt. Il n'avait plus été que ce bruit, le matin, à midi, le soir. Puis il n'était plus sorti de la maison, il s'était cantonné à son lit, et le bruit était toujours là.

À présent, le bruit allait cesser et il faudrait affronter un autre silence.

1.

Maintenant que je suis là, je n'entends plus rien. Rien que le fracas terrible de la verrière volant en éclats et l'écho infini qu'il trouve en moi, comme si le temps s'était arrêté.

Ce bruit énorme, le temps suspendu de la chute habité seulement par le désir de mourir, le choc qui l'a désarticulée, la douleur salvatrice, partout, comme si elle n'était pas extérieure mais comme si tout en elle avait éclaté au moment du choc. Moins que les bouts de verre fichés dans sa chair c'étaient les éclats tranchants d'elle-même qui l'avaient blessée. Quelles couches de glace, quelles barrières s'étaient brisées en elle et avaient produit cette déflagration dans laquelle elle s'était sentie mourir ? Mais elle n'était pas morte. Simplement comme une porte ouverte enfin et derrière, loin, le monde retrouvé.

Combien de fois je me suis demandé quand tout ça cesserait, si je pourrais un jour leur pardonner. L'inquiétude au quotidien, le sentiment de leur appartenir si fort que je mourrais au moindre mal qui leur serait fait, l'angoisse de cette vie étrangère à moi, partagée pour chacun, cette folie de la pensée qui courait toujours en avant pour les préserver, pour prévoir, pour parer à tout. Combien de fois je me suis demandé si je pourrais un jour retrouver la sérénité, l'accord de mon pas avec ma terre, de mon regard à la lumière sans traquer partout le danger.

La sérénité. Pendant des années, celle fournie par les comprimés. À chaque instant, les comprimés. Sans eux, elle tremblait comme une femme ivre. Sans eux, le vertige et la tétanie des membres. Cette douleur plantée là au sommet de sa tête. Une vrille sans fin et rien pour l'atténuer. Rien sinon les comprimés sans lesquels elle ne pouvait se lever, répondre, sourire, conduire. Rien sans eux. Sans eux, les objets qui échappent, les situations, les êtres aussi. Sans eux, elle se retrouvait dans un jeu dont les règles, les codes ne lui étaient plus connus, le monde fou d'Alice au-delà du miroir, où tout était tourment, où tout résistait ou se déglinguait sans espoir de retour.

Fini. Elle sent des mains sans visage qui la palpent et la pansent. Douleur fulgurante au bassin. Mais elle est si préoccupée de ce qui se dénoue en elle qu'elle ne geint même pas. Un ballet invisible, des voix qui se répondent et la sensation d'entrer dans l'infinie douceur d'être à soi.

Je.

# *Z.3*

Oui c'est moi Phoolan Devi et je marche sur le hurlement de la foule qui scande mon nom avec une joie féroce. Et dans ces visages et ces regards de bêtes qui boivent à mon nom comme on communie dans le sang, je vois tous les exclus, les rejetés, les abandonnés de cet immense pays plein de richesses dont ils ont été depuis si longtemps sevrés. C'est moi, l'espoir des désespérés, portée par les larmes des peuples, et j'avance sous la coupole dans cet immense rugissement de bêtes affamées et, dans cette explosion de joie, je lis aussi ma mort à venir. Car ils sont tous là les grands capitaines d'industrie de l'Inde moderne qui ont oublié les petits. Les nantis, les riches entrepreneurs dont le menton, par un simple signe, peut sauver ou réduire au désastre des familles, des villages entiers. Ils sont là raides et graves, figés dans l'attitude du respect, cachant leur crainte de voir les miséreux déferler sur leurs biens. Ils savent que celle qui entre ici est celle-là même qui a dansé nue sous la lune, les hanches ceintes des virilités arrachées à ceux qui l'avaient violentée, ils savent que c'est cette réincarnation d'une Shiva vengeresse qui entre à l'Assemblée pour réclamer le prix des souffrances tues, le poids des vies niées et ils savent que je ne me tairai pas. Et je sais qu'ils trouveront un malheureux prêt à se vendre pour assurer la vie des siens et que je tomberai sous un poignard de hasard mis aux mains d'un pauvre, suprême ironie, et qu'ils croiront avoir acheté leur tranquillité à ce prix.

Mais alors commencera la légende de l'enfant suppliciée, de la reine des brigands devenue député et alors cette légende enfantera partout en Inde d'autres enfants prêts à la révolte, à la parole politique, à la revendication de leurs droits, à la contestation des privilèges hérités des vieilles lunes.

2.

Les seules qui sont vraies ce sont celles qui partent ou qui tuent. Celles qui font le constat de l'impossible et qui tirent un trait sur les vieux rêves rabâchés de tout temps et avortés sans recours.

Les autres. Tout donner. Toujours. Pour rien. Les autres, celles qui n'ont pas compris ou qui n'ont pas eu la force. Les demeurées, les simples d'esprit ou les saintes, tout simplement. Celles qui ont continué. Sans raison. En attendant mieux. Va savoir quoi. Il y a tant de moyens de s'aveugler dans la vie, de s'enfermer dans une bulle de vent. Elles l'ont fait par paresse, par générosité, pourquoi ? Les pires ce sont celles qui ont eu pitié, comme elle. Pitié de ce gros homme fini comme on a pitié d'un vieux chien. Parce qu'il était à l'image de sa vie à elle aussi. Un qui avait tout raté. Qui avait tout fait pour. Son ménage, son métier. Se mettre tout à dos pour devenir cette chose qui ressasse sans cesse dans un coin, parce qu'il savait que ça serait comme ça, quelle vie échappe à ça ? Parce qu'il n'a pas eu de chance, que les autres n'ont rien compris, n'ont pas su.

Elle surtout. Avec sa clairvoyance – il dit sa cruauté – elle n'a jamais voulu y croire et c'est pour ça que ça n'a pas marché. Ah ! Oui, elle la connaît la rengaine, la vieille histoire. Son grand-père… Et puis son père… Et ses fils … tous des salauds. S'ils avaient …, si j'avais… Chaque fois qu'il commence, elle part.

Pas très loin. Florence par exemple. Oh, bien sûr, pas la vraie. Pas celle qu'elle n'a jamais vue de ses yeux ni foulée de ses pieds. Mais l'autre, celle qu'elle rêve, la belle, dont elle baise en esprit les pierres dorées. Un peu réelle parce qu'elle a vu tant de photos, elle a tant compulsé en cachette de dépliants touristiques. Celle des documentaires, des films à la télé, avec ses venelles magiques et la couleur de son ciel. Et l'autre, celle de sa tête, avec les Médicis descendus de leurs cadres dans la rue, les hommes puissants de Michel-Ange, les gueules de Masaccio, les brocards et les perles des femmes, leurs cous si purs qui jaillissent des lourdes parures, bijoux de chair qui éclipsent tous les bijoux d'or et de pierres.

1.

Pourquoi pleurer ? Personne ne prend en compte les larmes des femmes. Les hommes s'arrangent pour ne pas les voir. Alors d'abord on pleure sans eux, ailleurs, à côté, dans un coin. C'est tellement sale et tellement laid une femme qui pleure. Et puis ça colle, ça se répand, ça se défait. C'est dégoûtant. Alors on ne pleure plus. On serre les dents. On compte les coups. On ruse avec soi et l'autre. On apprend à ne plus pleurer, respirer lentement, ravaler ce qui risquerait de transparaître à l'extérieur. On pleure en dedans mais on garde les yeux secs, brûlants.

Et voilà, il y a des moments où on se demande pourquoi, comment les autres peuvent continuer à vivre.

Pourquoi moi je suis là sans une larme avec des plaies béantes que personne ne voit ? Obscène parce que d'un coup j'ai libéré toutes les larmes que je n'avais pas pu pleurer dans ce seul geste.

Obscène. Une femme qui s'est jetée à travers une verrière et qui s'est manquée.

Obscène. Une femme qui n'en pouvait plus de maquiller chaque jour l'ordure de sa vie et de marcher lumineuse au milieu des autres dont les habits et les bijoux rutilants masquaient à peine les cadavres.

C'est fini. Je l'ai fait. Je ne me réveillerai plus en sueur au milieu de la nuit.

2.

Après elle n'avait plus eu qu'à compter le temps au silence. C'était ça entrer dans la paix. Se diluer dans rien. Savoir que chaque instant vous rapproche de la fin, que chaque jour qui commence est le dernier et savourer cette certitude. Aller de l'absence à l'anéantissement et ressentir cette lente approche comme une libération. Elle n'avait plus besoin de la télévision, elle la lui laissait désormais. Longtemps pourtant elle avait meublé son silence. Mais elle s'était aperçue que de séries en documentaires, de policiers en divertissements, elle passait sa vie à attendre. Alors finalement, attendre pour attendre, mieux valait rester là, immobile fixant le mur nu ou ses mains si longtemps agitées par toutes sortes de tâches et comme mortes à présent, apaisées, sur ses genoux.

Cette attente-là n'est ni amère, ni triste. Elle est pleine d'une confiance joyeuse. Ça va finir. Au regard de cette vie trop longue, elle est douce cette longue espérance de la mort, ce face-à-face sans tricherie avec soi, retrouvailles hors du temps libérées du passé. J'attends, oui, j'attends, dans ce calme avant-coureur de l'éternelle paix, la tendre, la généreuse, celle qui me prendra dans ses longs voiles, dans sa grande main maternelle. Enfin à l'abri de tout et de tous.

3.

Ceux qui savent nous aimer, ce sont ceux-là qui ne nous aiment pas. Ils collectionnent, ils goûtent, ils savourent, ils prennent le temps. Mais ils ne nous aiment pas. Quand ils font l'amour avec nous, ils nous regardent comme on regarderait un beau tableau. Ils s'émerveillent, soulignent, commentent. Mais ceux qui nous aiment, eux, ne voient rien de nous. Ils sont si attentifs aux sensations qu'ils tirent de nous qu'ils ferment les yeux, tout entiers repliés sur eux-mêmes et l'intensité de leur jouissance, comme pour mieux retenir pour eux seuls le parfum du plaisir, l'ivresse du corps. Et dans ce qu'ils croient saisir de nous, nous savons bien qu'ils ont tout manqué. Et nous restons sur le bord de leur désir, sans jamais les rejoindre vraiment avec, après l'amour, une souffrance aiguë au cœur qui fait venir des larmes.

1.

Au début il avait fait semblant. Semblant de rêver avec elle d'une maison, semblant de s'intéresser aux enfants, semblant de faire. Car il faisait : le ménage parfois, le repassage quand elle n'en pouvait plus. Il s'était laissé entraîner quand elle avait voulu acheter cette vieille demeure et la retaper. Il avait fait vraiment beaucoup de choses, des carrelages, des peintures, des aménagements. Et puis sa volonté s'était émoussée. Il en faisait de moins en moins et elle toujours plus. Pour avoir l'argent des travaux, l'argent du prêt, l'argent de la vie de tous les jours.

Alors il avait fallu vivre dans une maison double, celle achevée qu'on pouvait montrer aux amis et celle en chantier, les murs encore blancs de plâtre, la moquette à trois sous en attendant, la cuisine jamais vraiment aménagée, le jardin en friche. Il avait fallu vivre à chaque instant cette réduction des projets et s'installer dans l'incomplet en ne sachant pas quand ça serait fini.

Il avait fait semblant. Tout ce temps il lui avait parlé comme on parle à un enfant malade dont on encourage les caprices et les rêves parce qu'on sait qu'il va bientôt mourir. Et puis un jour elle avait compris. Compris que les enfants ça l'avait prodigieusement ennuyé, qu'il n'avait jamais accepté tout ce qu'elle avait fait, peut-être tout simplement parce qu'il n'en voulait pas, que c'était son rêve à elle et qu'il ne faisait plus rien pour y adhérer. Il le regardait tomber en ruines, son rêve, avec une indifférence absolue. Il ne voyait plus la salissure sur un mur, les objets laissés à terre, la poussière sur les meubles. Tous ces signes qui appelaient un geste. Aveugle.

Elle avait compris que ça ne serait jamais fini, l'escalier pour descendre au jardin, l'allée pour contourner la maison et qu'elle vivrait jusqu'à sa mort dans un chantier où tout resterait en suspens, où elle deviendrait une Cendrillon à l'envers, figée dans sa poussière et ses toiles d'araignée parce qu'elle avait rencontré son prince et que l'histoire s'était finie là.

Mais il y avait eu cet orage. La grêle. Les dégâts et la verrière endommagée qu'il fallait réparer. Elle ne savait plus pourquoi cette discussion. L'argent à trouver, l'entreprise, c'était réglé. Mais elle savait comment. Même pour un coup de téléphone, il refusait. Et cette fois encore, il avait refusé, crié, dit qu'il n'avait pas que ça à faire que ça le faisait chier qu'il en avait marre de cette vie qu'il ne voulait plus rien faire que c'était insupportable, insupportable, qu'elle aurait sa peau qu'est-ce qu'il fallait encore qu'il fasse pour qu'elle arrête de l'emmerder.

Alors elle avait enjambé la fenêtre du deuxième étage, c'était simple. Pour tout résoudre, faute de mots qu'il n'entendait plus. Un acte. Qu'est-ce que tout ça avait encore comme sens puisqu'il le reniait, pourquoi elle avait vu la liberté dans cette maison à réaliser à deux quand lui n'y avait vu qu'un esclavage qui l'assujettissait à ses enfants d'abord, à sa femme ensuite. Comment pourrait-elle vivre encore avec lui en le voyant inerte, vautré chaque jour devant une télé ou un écran de jeu. Elle avait enjambé la fenêtre. Il n'y avait pas cru bien sûr. Quelle est la folle qui peut délibérément mettre sa vie en danger pour une histoire de coup de téléphone qu'on n'a pas envie de donner ? Elle l'avait fait et maintenant tout était clair.

# *XX.1*

J'attends encore ; ils m'ont déjà pas mal recousue mais j'attends encore. Des examens à finir. J'espère qu'ils ne vont pas m'hospitaliser. De toute façon il n'y aura pas de nuit pour moi, pas parce que je l'ai tué mais parce qu'il a voulu me tuer. Je l'ai tué mais ce n'était pas la première fois que je tuais un homme. La première fois c'était mon employeur. Quel âge pouvais-je bien avoir ? Ça avait commencé longtemps avant.

Mon employeur. J'avais quinze ans. Il m'avait presque achetée à mes parents. Il avait payé. Un soir il m'a dit « Viens là », je n'ai pas compris. Il m'a couchée sous lui sur les ballots du hangar. J'ai cru à un jeu. Son grand corps foulait le mien. Je ne savais pas et puis d'un coup cette douleur. Cet arrachement. Il s'était enfoncé en moi, planté, d'un coup de rein brusque, son membre raide en moi comme un soc, comme une corne qui prend bas et remonte. Un éclair de douleur sèche, un ébranlement de tout le corps. Emmanché en moi, bien profond comme un poignard sur lequel on pèse jusqu'au cœur. J'ai crié tandis qu'un peu dressé au-dessus de moi, il triomphait d'un air faraud « Tu as su ce que c'est un homme, hein ? » Tu l'as senti passer l'homme, il a tracé son sillon, croché son plaisir en toi, hein. Cet éclair rouge sous mes paupières, ce feu de la haine qui brûlait tout en moi, ça m'a réveillée toutes les nuits. Surtout quand mon ventre a poussé en avant, quand j'ai perdu l'enfant toute seule comme une bête, en silence, cramponnée des pieds et des mains aux caisses, arc-boutée contre les planches raboteuses du hangar. L'éclair rouge sous mes paupières chaque fois qu'il passait à ma portée. Et puis l'accident.

Il criait dessous comme toujours, dans le hangar, pendant que, du fenil, je poussais le fourrage vers la machine qui l'aspirait. Elle a soudain basculé. Je n'ai rien pu faire. Il n'a pas eu le temps de s'écarter. Elle l'a écrasé, elle a cloué au sol sa chair saignante de tous ses joints de fer. Je restais là, à le regarder d'en haut.

Je ne sentais que cette douleur rouge qui me prenait les cuisses et me fouaillait le ventre. Je hurlais. Il défonçait mon ventre à chaque coup de ses reins, poussant, pesant, cognant, passant et repassant dans la déchirure saignante, arrachant tout, jusqu'à cette raideur tremblée et cette souffrance aiguë qui m'a affolée comme une bête, clouée que j'étais de ses deux genoux immobilisant mes jambes. Je criais toujours. Alors il a passé sa main sous mes fesses, il l'a ramenée pleine de sang, a ri et l'a essuyée sur ma figure. J'étouffais, sa main me bâillonnait et il a repris sa besogne, allant encore une fois au bout de son plaisir sur cette chair défaite, sanglante, tirant sa jouissance même de mon cri de bête égorgée. À chaque coup de son membre en moi, l'éclat du sang dans mes yeux, dans mon ventre, dans ma tête. Quand je suis revenue à la ferme, tout le monde était trop occupé comme toujours pour remarquer quoi que ce soit. On m'a dit qu'à mon âge, encore barbouillée de confiture... pas savoir manger proprement, quelle enfant....

C'est moi qui avais poussé la machine. Penchée sur lui j'ai regardé les paroles crever en bulles sur ses lèvres maculées de sang, comme il avait regardé mon visage tordu par mon cri inaudible. J'ai attendu qu'il meure, cloué au sol comme un pauvre pantin, gigotant des bras et des jambes, incapable d'échapper à la machine qui l'écrasait comme je n'avais pu me défaire de son corps.

J'ai tué. Mais ça n'est pas pour lui que je suis ici. Pas pour lui. Ça s'est passé il y a trop longtemps et personne n'a rien soupçonné à l'époque. Je suis là pour mon fils.

2.

Pourquoi ? Comment ? Elle ne savait plus vraiment quand ça avait commencé. L'impression de participer à un naufrage, d'être elle-même, à elle seule, un naufrage. Le sentiment d'être le bateau, cet animal mugissant et terrible blessé à mort dans la tempête, le canot à la mer dérisoire, ballotté en tous sens, agrippé par des mains multiples qui allaient finir par le faire chavirer et pas de hache à bord pour les couper. Souvent, de plus en plus souvent, la nausée, les images des visages dressés vers elle devenant monstrueux, des bouches ouvertes sur des cris qu'elle n'entendait pas et ces mains toujours pour la saisir, la tenir, l'entraver, la blesser. C'était devenu permanent.

Je savais bien que je devenais folle. Les gens utilisaient des mots convenus, dépression, fatigue générale ou épuisement intellectuel, trop de travail, trop de charges, trop à la fois. Mais moi, je savais que c'était atteindre l'extrême lucidité et que ce cauchemar éveillé c'était le résumé de ma vie, pas celle que les gens voyaient de l'extérieur, mais ma vraie vie, celle que je subissais sans jamais pouvoir être à moi, obsédée par les autres, assiégée par leurs désirs, leurs attentes. Je me suis dissoute dans ces occupations minimes, éternellement répétées. Condamnée à jamais à ne plus me trouver.

3.

Pas de recours contre la mort. Aucune sauvegarde. Contre celle des autres surtout. La sienne, elle l'avait déjà vécue plusieurs fois. À l'hôpital. Vécue, c'était un bien grand mot. Ce qu'il y a de bien dans le coma éthylique c'est qu'on traverse la mort sans la penser. Et quand on revient dans la vie, c'est comme une coupure. Juste une rupture du temps, un temps mort, vide, peut-être le bonheur. Et les deux bouts de vie mal remis, le sentiment d'une cohérence qu'on a perdue.

Elle s'était habituée à ces pans d'ombre dont elle revenait sans mémoire et elle y pensait toujours avec gratitude, malgré les intubations, les perfusions, les journées à traîner un corps de pierre dans des draps trop blancs. Des moments d'inconscience absolue, pas l'hébétude qui vous laisse encore percevoir la vie ou les êtres même à travers des brumes. Mais là rien, le noir profond de l'absence à soi, merveilleuse liberté de n'être pas.

2

Au bout de la route, qu'est-ce que j'aurai vu ? La vie dans un tunnel et jamais rien d'autre. Morte avant la fin du chemin. Le noir, c'est tout. Pourtant au fond de moi, très loin, inconnu de tous, un autre monde. Comme au fin fond de la terre parmi des rocs arides, parfois une grotte irréelle. Moi aussi je l'ai, au fond de moi, très loin des autres, cette bulle de beauté que toute ma vie a refusée. Florence. Jamais tarie au fil des jours. Silence et douceur. Refuge.

1.

C'est fini. Je ne serai plus là avec eux. Avec eux au centre de ma vie. Au centre d'un univers qui n'en était plus un. Restreint à l'infiniment petit de leurs désirs. De leurs caprices. Comme si au-delà d'eux il n'y avait rien eu. J'avais oublié que j'existais.

J'ai cru qu'il suffisait de reconstruire, qu'élever l'édifice d'une famille qui vivrait par moi suffirait à faire contrepoids à l'absence de l'autre, la famille dont j'avais été chassée, emportée d'un coup dans l'inaccessible comme un continent effondré. J'ai cru dresser un monument contre la rupture. Qu'au bord de cette faille où s'était abîmé mon passé, je pouvais édifier un autre monde. J'y ai cru.

Alors j'ai fait des tartes aux prunes, j'ai contemplé le joyau éphémère de la fleur d'hibiscus que j'avais amenée à l'être par mes arrosages entêtés. J'ai fait les gestes de chaque jour avec foi, en croyant qu'ils me donneraient... En fait je ne savais pas quoi. J'ai cru que c'était comme ça qu'il fallait s'y prendre pour vivre. Sans doute si on s'y attachait aveuglément, c'était possible. Mais moi, je regardais ce que je vivais. Alors quand je levais les yeux, je voyais autour de moi les décombres d'un monde inconnu, qui ne ressemblait en rien à ce que j'avais cru créer. Au-delà de mes gestes quotidiens, rien n'est resté vivant de moi, de ce que j'ai vécu, des êtres que j'ai aimés. J'ai cultivé ma fleur, j'ai fait mes gâteaux au milieu d'un Beyrouth des grands jours. Aujourd'hui ce qui me reste, sol éventré, gravats, débris méconnaissables et tristesse infinie de ce qui a été, témoigne seulement de la mort.

3.

Elle aussi elle avait attendu l'homme de génie qu'elle aurait servi avec abnégation. Mais personne. Des hommes charmants, des hommes légers, oui. Des hommes gonflés d'eux-mêmes, des hommes pleins de vent. Mais cette compréhension de tout l'être dans l'étreinte de deux mains, ce sentiment d'appartenance réciproque, cet abandon de soi dans la voix de l'autre, dans ses silences qui rythment la vie du cœur. Elle avait attendu. Mais rien. Et cela n'aurait pas eu besoin d'être charnel mais ce partage de l'admiration et de la tendresse, cette double remise de soi à l'autre. Jamais.

Enfin, pas tout à fait. Mais cela appartenait à une part de sa vie vitrifiée par la souffrance, une part d'elle-même où elle n'osait plus depuis longtemps s'aventurer.

La boisson lui avait donné ce que donne l'amour quand elle en avait eu assez d'attendre : ce chaud au ventre, cet anéantissement des membres, cette légèreté de l'âme. Ça valait mieux ainsi peut-être. Qu'avaient-elles eu, les autres ? Toutes celles qu'elle connaissait ? Toutes celles qu'elle avait vues se vouer à de faux génies.

1.

Sa vie comme tant d'autres perdue dans les sables du temps. S'effacer toujours. Au point de devenir invisible. Jamais de temps pour soi. Définitivement s'oublier. Et pourtant, parfois, une rencontre, un regard, et quelquefois un frisson. Un écho loin en soi. Et se dire quoi faire alors ? Quoi faire pour reprendre en main sa vie ? Se remembrer de toutes ses parties dispersées ? Peut-être encore avec la patience des femmes, avec cet entêtement du quotidien qu'elle leur reconnaissait pourrait-elle amener à la vie les vieux rêves. Mais pour cela, il fallait être libre. Elle avait tout tranché comme on se débarrasse d'un membre mort.

# *XX.2*

Elle n'était pas là pour le meurtre de jadis dont personne n'avait jamais rien su et qui restait encore pour elle une jouissance violente car il mettait dans sa bouche le goût du sang. Ce meurtre-là elle le revivait comme on revoit dans sa mémoire une histoire d'amour. Elle l'avait longtemps imaginé, préparé avant de le commettre et tout ce qui l'avilissait davantage avait nourri sa haine. Il avait fallu du temps, une énergie sans cesse renouvelée pour déplacer pouce par pouce la lourde machine, la faire parvenir à un déséquilibre invisible aux yeux de tous ceux qui œuvraient en bas, sûr pour elle qui savait qu'il n'y avait plus qu'à poser la main sur une des jointures pour faire basculer l'aveugle mécanique comme un jouet léger. Il avait fallu un désespoir aussi profond que le trou d'eau dans lequel on s'enfonce sans recours pour ne pas partir, pour subir les caprices de cet homme, pour rester lisse d'apparente sottise, pour que rien ne transpire du piège lentement construit autour de son désir et de sa force qui triomphait de tout.

Ça avait été un accident pour tous, pour sa femme, ses métayers, les gendarmes. Elle avait crié et pleuré quand il avait eu fini de mourir. Elle sanglotait de joie, envahie par l'excitation d'avoir réussi, de l'avoir écrasé de sa faiblesse, quand tous la croyaient bouleversée de l'avoir vu mourir sous ses yeux. À cette époque-là, les gendarmes étaient venus faire le constat d'accident ; ils n'avaient pas jeté un regard sur cette petite fille qui tremblait de larmes. D'ailleurs ils ne l'auraient pas plus regardée si elle leur avait dit que depuis plus d'un an cet homme la violait régulièrement en usant du droit du plus fort, de son incapacité à partir, elle n'avait rien ni personne, de la confiance qu'il inspirait à tous. Pensez donc M. V, un si bon patron, petite menteuse, on ne sait même pas d'où ça sort, ça a été ramassé dans le ruisseau et ça vient dire des choses de l'autre monde ! Qui l'aurait crue ?

Cette mort-là, elle était passée comme une lettre à la poste, avec les pleurs de tous, les ouvriers, le village, un bel enterrement, les notables, les gens de loin avec qui il faisait affaire, une tombe qui lui ressemblait, haute et large comme lui en granit gris. Elle, elle était restée pendant plusieurs années, jusqu'à sa majorité, elle n'avait jamais rien dit et puis un jour elle était partie à la ville. Et elle avait commencé à vivre.

2.

Elle ne savait plus à partir de quel moment il s'était mis à sentir. Comme les vieux chiens. D'abord c'est l'haleine et puis la peau et puis tout ce qui est en contact avec eux. Il s'était mis à puer.

Au début, elle avait essayé de résister et puis elle avait laissé l'odeur s'installer au point que la maison entière elle-même en était imprégnée. Elle avait conscience que cela pouvait gêner les autres comme ça l'avait incommodée au début. Alors elle avait espacé les visites des connaissances, elle avait limité d'elle-même les rencontres. D'ailleurs elle s'était aperçue que c'était plus commode pour les gens de l'oublier. Bien sûr, parfois, au détour d'une rue, à l'entrée d'un commerce, ils la croisaient et demandaient des nouvelles. Mais elle savait que c'était juste un dernier sursaut de politesse, surtout pas une invite, ni même un regret.

Qu'allait-il arriver maintenant que tout allait finir ? Elle se demandait si l'odeur resterait après sa mort.

3.

Cette impuissance devant la défection du corps. Quand elle avait voulu la soulever, sa mère, pour refaire le lit. Si maigre, si frêle. Et pourtant aussi difficile à saisir que la mer à rassembler. La lourdeur de la pierre, la fluidité de l'eau. Arc-boutée, clouée au lit par le poids de ce corps, elle avait lutté, usé sa force dans ce face-à-face quotidien. Et l'effort pour la retenir à la surface de la conscience. La parole transformée en cri quand elle la sentait sombrer dans son néant. La caresse devenant crispation presque coup. Terrible affrontement où ce n'était pas la maladie qu'elle combattait mais l'autre. Elle ne reconnaissait plus sa mère, dans ce visage de panique et ce corps de cadavre. L'autre lui volait la douceur et la plénitude de sa mère, les souvenirs de la tendresse et posait partout le masque sans nom de la mort.

Je l'ai haïe autant que je l'avais aimée. Haïe de devenir cette chose tremblante, cet objet flasque et immobile, englué dans la pétrification de sa chair, d'être cette masse limitée aux sécrétions biologiques : transpiration, sanie jusqu'aux urines où le sang gagnait chaque jour davantage, suintements qui continuaient à sourdre des drains enlevés ou déplacés. Et partout l'odeur de la mort qu'on ne pouvait éluder et la débâcle pitoyable des muscles débandés devenus marmoréens.

Alors, elle avait choisi : pour elle, ce serait coma éthylique, delirium, cirrhose, arrêt cardiaque, accident. C'est plus sûr.

2.

Sûr que si on lui disait qu'elle devait mourir maintenant, tout de suite, elle s'assiérait là ou ailleurs, n'importe où, où la nouvelle l'aurait frappée et elle se mettrait à hurler. Sans mots. Gueuler seulement, aboyer à la mort. Hurler. Pas tellement pour toutes les choses qu'elle n'avait pas eues - et elles étaient nombreuses. Parce qu'au fond, ne rien avoir, c'est simple. Pour chaque chose qu'on ne vous donne pas, vous vous resserrez un peu plus sur vous-même, vous vous fripez. Mais hurler pour tous les efforts que ça lui avait coûté de faire semblant que c'était bien comme ça, alors que tout était mal. Tous ces efforts qu'elle avait déployés pour ne pas blesser les autres, pour ne pas leur montrer qu'elle souffrait, pour se taire parce que les mots tuent, tous ces efforts la laissaient aride et sèche.

Tous, ils n'ont jamais fait qu'une chose, prendre. Parfois même, ils se dépêchaient de prendre de peur qu'un autre, un frère, un voisin, le compagnon, un ami, un passant, ne prennent, avant eux. D'ailleurs, ils prenaient pour prendre. Non que ça ait à leurs yeux une quelconque valeur. Non. Seulement prendre, saisir, à moi avant que ça ne soit à toi. Elle était vidée maintenant. Vidée de tout ce qu'ils avaient pris. Plus rien à prendre. Personne pour prendre.

Où s'était-elle trompée ? Elle ne regrettait même pas. Aurait-elle pu vivre autrement ? Elle ne le croyait pas. Aussi, à présent, elle se taisait, gardienne de ce vide immense qu'elle fixait sans un clignement d'yeux. Cela n'avait pas de sens, mais c'était comme ça. C'était vécu, c'était fini.

3

Pas difficile de mourir. Elle avait juste tourné le volant pour prendre ce mur ; ce mur, elle le convoitait depuis des mois, lourd, offert par le virage même de la route qui pour l'éviter s'infléchissait doucement. Il suffisait d'aller tout droit, de donner juste le coup de volant nécessaire pour ne pas le manquer au dernier moment et il serait là, opposant toute sa masse à la charge de la voiture lancée à fond, avec ses pierres taillées soudées les unes aux autres, sa face unie et bienveillante et elle avait cru que là s'ouvrirait enfin la grande porte.

Ça avait raté ; elle y était pourtant. Mais ils avaient tous été là si vite, les passants, les témoins, les secours. Elle revenait à la petite mort, celle de tous les jours. On meurt tant de fois dans une vie. À travers les autres que l'on perd et qu'on pleure. À travers soi-même car on change et chaque jour est le constat d'un abandon : pour durer, il faut tuer en soi lentement, successivement, avec des arbitrages parfois douloureux, tout ce qu'on a été. Et tous les deuils à faire : celui qu'on aimait et qui part sans un regard, sans un frisson, vous laissant nue soudain. La jeunesse, la beauté, le partage, tant de fois les vivre et tant de fois mourir par eux. Par lambeaux, par morceaux. Tout se défait toujours.

Alors la mort, la vraie, le grand saut. Une attente de plus en plus recueillie, tremblée, douce à l'infini. Peu à peu un espoir, le seul espoir. L'immersion dans le rien. Enfin sortir de soi, de cet étau que les autres ont verrouillé sur soi. Dissoudre tous les nœuds de souffrance. Libre.

1.

C'était idiot qu'elle soit là aujourd'hui dans cet hôpital qui grouillait de pieds et de blouses blanches. Elle ne voyait même pas les visages, juste les pieds et les blouses blanches, parfois un bras. Immobilisée tout entière par l'anesthésie dont elle avait du mal à sortir. Impossible de lever les yeux, encore moins les bras ou les jambes. Elle flottait dans un bien-être sans corps. Pourquoi avait-elle fait ça ? L'avait-elle fait seulement ? La verrière, le choc, les débris de verre partout dans sa chair lui apparaissaient après coup comme un de ces fantasmes qu'on poursuit, les nuits d'insomnie, jusqu'à leur aboutissement le plus absurde, quand on est si seul dans le désespoir du sommeil qui ne veut pas se donner qu'on en arrive, au bout de cet étrange rêve éveillé, à mettre en scène sa propre mort.

Elle n'était pas morte. Et elle ne souffrait pas.

2.

Un jour elle s'était rendu compte qu'elle prenait un plaisir particulier à une pièce de l'appartement. Pas vraiment une pièce d'ailleurs. Un cagibi. Pas tout à fait. Une sorte de placard amélioré. Un peu plus grand qu'un placard normal.

Sans fenêtre. Des murs, des murs sans rien. Ça servait un peu de débarras. On y entassait le linge à repasser, des objets divers. Au début, elle y avait repassé, cousu, plié les vêtements, les draps, les serviettes de toilette. Peu à peu, c'était devenu son lieu. Quand elle était là, on l'oubliait, elle devenait invisible. Soustraite aux réclamations, aux ordres comminatoires des uns et des autres, aux caprices, aux brimades. Alors elle en avait pris possession. Elle y passait de plus en plus de temps, assise sur une chaise au rebut, comme elle, les deux mains posées sur ses genoux, à écouter le silence se faire en elle.

Une boîte. Elle y remisait tous ses ennuis en y entreposant son corps. Elle restait là à écouter le bruit régulier de son cœur entre les quatre murs. Le flux et le reflux du sang à ses tempes. Elle ne pensait pas. D'ailleurs à quoi ? Tout était toujours pareil et elle n'existait pas pour les autres. Elle se contentait de se sentir être.

3.

Cette fois-ci, je m'en tire à moindre mal. Juste des égratignures. Mais ils vont me garder encore, en observation. Raté. Dans ce couloir qui pue l'hôpital, je me souviens de la dernière fois, là sur un brancard dans le même couloir où les gens passent ou restent, mourants et blessés, seuls le plus souvent dans ce côtoiement de souffrance où parfois on s'oublie soi-même à force d'entendre les gémissements ou le silence du plus proche, dans le même accablement. Cette fois-là, je tremblais de tous mes membres sous ma couverture après un lavage d'estomac. Trempée à force de transpirer de faiblesse. Mal partout à l'intérieur, l'œsophage en feu et encore dans la gorge la présence de l'intubation. Après avoir tant vomi, envie de vomir encore. Envie de mourir aussi. Pas assez de comprimés. Raté encore cette fois. J'en pleurais. Pourtant j'avais mis le paquet. Elle savait maintenant qu'il ne suffit pas de le vouloir pour que la mort se donne. Et qu'elle était condamnée à vivre jusqu'à la prochaine fois.

Déjà alors on lui avait dit de parler. Parler, parler, parler, mais à qui ? Les médecins, ils soignent : chacune de leurs paroles, chaque question a pour but de saisir des symptômes, d'établir un diagnostic. Trop pressés de régler un problème technique. Vous êtes juste un cas, après un autre cas. Comme tous ceux qui attendent. À peine s'ils vous regardent. Alors, vous écouter ! Et puis, l'humain c'est gluant quand ça commence à se répandre, ça coule par tous les pores. Parler à qui ? Ses amants ? À peine bons à se lire dans ses yeux, à poursuivre à travers elle leur image complaisante. Au fond, si peu liés à elle, si volatils.

# *XX.3*

Mais le meurtre d'aujourd'hui, il était venu sans crier gare, contre son gré, hors de sa conscience. Pourquoi faut-il que les gens qu'on aime fassent si mal et y prennent plaisir ! Si peu de choses dans la vie au bout du compte. Si peu de choses qu'on ait vraiment aimées, à quoi on ait vraiment tenu. Qui aient vraiment compté qu'on se dit qu'après tout rien n'a jamais de sens.

Mais lui, je l'aimais, mon fils. Vraiment. Toute ma vie. Des années pour oublier le viol, pour me refaire. Tout de moi recréé et lui, tout pour moi. Et un jour l'horreur. Cette saloperie de drogue qui me l'a pris petit à petit, jour après jour, malgré ma présence constante, mes efforts, les aides extérieures, médecins, conseillers, médiateurs. Et hier il était là, fou, hurlant qu'il allait se tuer me tuer tout casser que s'il n'en avait pas de l'argent de la thune du blé il me crèverait sale vieille et qu'il se crèverait après qu'il lui en fallait là tout de suite qu'il n'y avait plus que ça pour lui dans la vie que j'avais toujours payé que j'avais toujours tout donné. Ça aussi. Comme le reste. Que je n'avais jamais rien dit, que si je n'avais pas vu, c'est que je ne voulais pas voir qu'au fond j'avais bien voulu que j'avais toujours voulu tout ce qu'il voulait incapable que j'étais d'exister, une loque.

J'ai serré les dents comme toujours, des années à présent qu'il était envahi par cette folie lente. Désintoxications, méthadone, nouveaux traitements, on avait tout essayé. Des années aussi à aller voir le psychiatre pour exorciser les horreurs d'autrefois et pouvoir affronter les horreurs d'aujourd'hui.

Et puis il m'a frappée. Il a pris ma tête dans ses mains et il l'a cognée contre les carreaux de la cuisine. Je sentais que je saignais du nez et il était trop excité pour que je puisse lutter avec lui. Je ne savais pas combien de temps j'allais pouvoir tenir comme ça. Trop fort pour moi. Je m'épuisais, j'allais lâcher prise, y passer. Et ce visage ennemi, plus rien de mon fils, un petit garçon éveillé et drôle avec qui j'avais partagé la nature, la poésie, les rêves sortis des livres, un adolescent sensible qui écrivait pour lui. Secret. Intelligent. Mais une face de haine, aux traits déformés par le manque, une force décuplée par le besoin de cette chose que je ne connais pas, dont je ne peux même pas imaginer l'attraction. L'impression d'être face à un animal, face à l'inconnu. J'ai vu ma mort dans ses yeux.

J'ai pu saisir un couteau qui traînait sur la table de la cuisine. Ma tête contre les carreaux. Ces coups qui retentissaient en moi. Cet éclat de sang dans les yeux. Après tant d'années d'oubli revivre la violence de l'autre, la négation de soi, l'irruption en soi d'une volonté étrangère qui vous transforme en pantin sans défense. Et cette fois à travers mon fils. Insupportable, inadmissible. Soudain, je ne sais pas comment, il est devenu tout mou. Le couteau dans son ventre. J'ai poussé. J'ai senti son corps s'alourdir contre moi, son corps entier au bout de mon bras, ouvert d'un coup, si fragile. Il a crié. Moi aussi. Je l'avais tué.

Légitime défense, ils ont dit. Il faut vous faire soigner, les blessures à la tête sont graves, ils ont dit. Il faut une radio, ils ont dit. Et voilà. Je suis là dans cet hôpital, tout le monde me parle doucement, comme à un enfant de cinq ans. Mais j'ai bien compris tout ce qui s'est passé.

Je n'ai pas tué dans un moment de frayeur ou de folie, ou d'inconscience. Je viens de tuer ce que j'aimais le plus parce que rien de ma vie ne ressemblait plus à une vie, parce que je n'existais plus que pour ces moments affreux où je voyais encore mon fils à condition de lui donner son viatique pour la drogue. Toute ma vie désormais s'organisait autour de cette attente, l'attente du moment où il viendrait, où il serait presque normal, caressant même, assez pour me soutirer le prix de quelques barrettes ou de quelques doses, pressé de partir chercher sa folie dès qu'il avait en main quelques billets. Arrivée à ce point de confusion des sentiments que j'attendais et redoutais à la fois.

Sa visite, le seul moment où je pouvais le voir, lui parler, faire encore des gestes de mère, lui servir à boire, à manger, lui poser des questions sur lui, sa santé, ses amis, questions auxquelles il ne répondait que par des monosyllabes ou des grognements et sa demande toujours la même t'as pas un peu de fric, les explications vaseuses, les prétextes, qu'une assistante sociale s'occupait de lui pour un foyer ou un logement, que l'ANPE lui avait trouvé quelque chose, qu'il reprenait une formation, qu'il allait pouvoir finir sa licence, autant de mensonges qui devait m'encourager à lâcher du fric. Et je donnais toujours, c'est vrai, avec des réticences, des mises en garde, des recommandations, des menaces parfois, mais je donnais toujours.

Ces derniers temps, ses hurlements, ses mouvements arrêtés juste à temps, l'image d'une bête féroce prête aux coups auraient dû m'alerter. Mais je pardonnais tout, je le savais torturé par l'attente.

2.

Pendant des années elle s'était dit, je vais me coucher dans ce lit et je ne m'en relèverai plus. Même plus pour chier ni pour pisser. Ils auraient à supporter ça, à me soulever, à me laver. Je vais me coucher dans ce lit de merde et je ne me relèverai plus.

Mais c'est lui qui s'était couché, masse inerte, comme si l'abrutissement cérébral avait gagné et pétrifié sa grande carcasse. Et c'est elle qui l'avait lavé et soulevé, nouvelle tâche harassante. Et une fois de plus, elle avait ramassé la merde en souhaitant chaque fois que ce soit la dernière.

Et quand elle l'avait vu s'étouffer, que ses lèvres avaient balbutié au silence, elle qui avait tant attendu ce moment, elle avait appelé le SAMU. Elle était là, les mains calmement posées sur ses genoux, elle attendait que le vieux corps pourri cède enfin au néant. La mort allait le rayer des vivants mais pas de sa mémoire car il était tout ce qu'elle avait vécu.

1.

Elle avait enjambé la fenêtre. Elle l'avait fait. Pas seulement pour ce foutu coup de téléphone qu'il n'avait pas voulu passer, pas pour sa crise, une de plus, mais pour tout le reste.

Je l'ai fait pour tous les jours où je suis rentrée du travail épuisée de la journée passée à écouter les autres, épuisée par avance de savoir les bols du matin encore sur l'évier le soir, les chambres d'enfants où je m'enfoncerai jusqu'aux genoux dans un entassement de cahiers, de chaussures, de vêtements, de livres, de nourriture même jonchant la moquette. Parfois tout ça agglutiné. J'aurai tout à faire toute seule comme d'habitude. Tout ça et le repas et les devoirs, les mots d'anglais à trouver pour la version de l'un, les idées pour la rédaction de l'autre, en pelant les patates ou en faisant le gratin de courgettes.

Pas de bonne par principe. De toujours, ce refus de faire ramasser la merde par d'autres, respect d'une femme pour des femmes, les autres, celles qui n'ont pas pu faire des études, avoir un métier, celles qu'on exploite souvent en leur demandant plus que tout. Impossible depuis toujours de demander à une autre femme de faire son lit ou de laver les chiottes. Prisonnière petit à petit de ce refus, elle était devenue la servante de ses enfants et de son mari.

Je l'ai fait parce qu'il y avait tout ça accumulé depuis tant de jours, qu'il aurait fallu crier plus fort que lui quand il a commencé, que, cette fois encore, personne n'aurait entendu et qu'elle serait restée seule à crier aux murs sans que la question du coup de téléphone ait été résolue. Il allait falloir tout faire encore comme si tout était normal, comme si tout toujours lui incombait. Alors la rage. Le trop-plein d'une violence non reconnue. Le surgissement d'une rébellion à vide. Rien pour l'exprimer qu'elle-même. Quoi faire d'autre pour répondre à ceux qui la nient sinon se nier soi-même ?

Je l'ai fait, j'ai enjambé la fenêtre en sachant que je faisais l'irrémédiable, que par ce geste, vivante ou morte au-delà, je me détachais définitivement d'eux, de mon passé, de mon histoire. C'était facile.

Ivresse de se livrer enfin à la fureur salvatrice. Joie profonde de se détruire quand tout d'elle avait été si constamment érodé par la vie.

Je l'ai fait. C'est bien.

2.

Il aurait mieux valu qu'elle meure quand elle était encore jeune, entre trente et quarante ans. Tout ça c'était la faute de cette vie en commun si longue, combien déjà ? Cinquante, soixante ans ? Cette vie à deux qui vous rend inexistant à l'autre, aux autres. Si elle était morte alors, dans un accident, au cours d'une intervention chirurgicale, ils se seraient rendu compte de qui elle était.

Parfois d'ailleurs en certaines occasions ou comme ça pour rien, elle avait laissé une enveloppe cachetée, bien en vue sur le secrétaire, À vous tous, Mes dernières pensées, quelque chose dans ce genre, où elle expliquait ce qu'ils avaient représenté pour elle, pourquoi elle faisait tout ce qu'elle faisait, comment elle s'était donné mission d'assurer leur bonheur ou à tout le moins leur confort. Mais ils n'avaient jamais eu la curiosité d'ouvrir le pli, trouvant cela ridicule. Dire qu'on aime, se dire qu'on s'aime, c'était idiot. Et ils avaient tout pris d'elle comme un dû, sans jamais s'interroger sur ce qui la faisait se lever si tôt, travailler autant, repasser des heures entières leur linge à tous, sans un mot.

Elle avait tout fait pour ses enfants et ils avaient grandi, sans comprendre ce qu'elle avait fait, sans comprendre que c'était par amour, par désir de les aimer jusque dans les instants quotidiens, et pas seulement parce que « c'était comme ça », que pour toutes les mères « c'était comme ça ». Elle savait bien que ce n'était pas vrai, que toutes les mères ne faisaient pas comme elle. D'ailleurs, la sienne de mère, s'était-elle assez moquée ! Faire tout ce que tu fais mais ils ne s'en rendent même pas compte, qu'est-ce que tu as à t'occuper d'eux comme ça ? À quoi ça sert ? De toute façon ils partiront et ils ne se soucieront pas de toi, pas plus que de leurs premières chaussettes. Elle avait tenu bon contre ses ricanements, après tout, c'était sa façon à elle de les aimer.

Mais elle n'était pas morte alors qu'ils étaient encore petits, qu'ils avaient encore besoin d'elle, elle avait continué à vivre, à travailler, à faire et tout avait été classé, sans qu'ils l'en aiment un peu. Ils étaient restés ses petits et ils s'étaient toujours tournés vers elle quand ils en avaient eu besoin. Mais ils trouvaient ça normal, ils ne disaient jamais merci.

Si elle était morte jeune, ils l'auraient érigée en mythe familial et ils l'auraient aimée morte, donnant à chacune de ses actions une signification émue. Alors qu'aujourd'hui, ils n'avaient plus de lien avec cette vieille femme pauvre. Les garçons surtout, ils n'avaient plus rien à en tirer. Une de ses filles pourtant...

Mais c'était elle qui n'avait pas voulu : on ne peut rien racheter du passé de ses parents et surtout pas le malheur. Aussi quand elle l'avait vue s'attacher à elle, souffrir de ce qu'elle souffrait, elle avait tout fait pour l'éloigner de sa défaite. Heureusement, les concours, les hautes fonctions, les missions à l'étranger, tout ça l'avait sauvée. Elle écrivait toujours, venait quelquefois, son seul lien avec le monde.

Elle aurait dû mourir jeune. Tout ça lui aurait été épargné. Si elle était morte plus tôt, ils l'auraient aimée pour toujours.

# *XY*

« Que faire contre le sceptre turgescent du père ? »

Cette phrase de l'avocate, elle l'entendait toujours. Elle ne savait plus comment ni pourquoi, après ça, elle avait parlé, ni comment elle avait trouvé les mots pour dire. Dire l'horreur des soirs dans la buanderie quand il venait la prendre dans son lit toute chaude de son premier sommeil. Il lui parlait doucement ma princesse, ma chérie, il la berçait contre lui et elle, elle commençait à pleurer. Elle savait.

Depuis le jour où il l'avait assise sur la machine à laver et avait écarté ses jambes pour y enfoncer ce bâton de lui qui la déchirait. Non papa, non papa mais à mi-voix parce qu'elle ne voulait pas le blesser. Comme chaque fois pendant des années dans la pénombre de cette pièce délaissée, il l'avait assise sur la machine à laver et tandis qu'elle se raidissait soulevée par des sanglots qu'il n'entendait pas, il avait écarté ses jambes en parlant toujours comme on parle à un enfant malade à qui on fait croire que ça ira mieux. Tu verras, ça sera bon tu verras. Toujours les mêmes gestes comme si, pris dans son délire, il devenait sourd à ses dénégations, à ses prières. Alors tandis qu'elle commençait à suffoquer d'angoisse, il se mettait à genoux devant elle, collait sa bouche entre ses jambes. Elle se tordait pour s'en écarter mais ses mains à lui tenaient ses cuisses et il la mangeait de baisers en disant ma petite chatte, ma petite chatte. Ça commençait toujours comme ça. Elle sentait sa langue, sa salive, il devenait fou et elle luttait contre sa force.

Quand elle se mettait à crier, il se relevait terrible. Elle ne le reconnaissait plus. Les yeux injectés de sang, la bouche ouverte et la respiration sifflante, il la bâillonnait d'une main et clouait son petit corps nu sur le couvercle glacé de la machine à laver, de l'autre, il défaisait sa ceinture. Alors, il libérait son membre, blême et congestionné, la peau tendue à craquer, une grosse veine bleue courant sur lui, terrifiant. Il faisait jouer la peau sur ce bâton de chair, il balbutiait des mots sans suite, comme fou, à la fois pardon, je t'aime, laisse-toi faire ; parfois il ajoutait même c'est moi, papa, ton petit papa. Et la chose entrait en elle, et elle hurlait sans un bruit. Ça brisait tout, ça la défonçait. Mal mal et pourtant encore, encore. Il vibrait, secouait son membre à l'intérieur de son ventre, tout en elle se disloquait autour de cette souffrance, une poupée qu'il agitait à son gré pour se donner plus de plaisir.

Alors, il éclatait de joie et la maintenait écrasée contre lui, pendant que la chose ruait dans sa douleur. Elle la sentait se tendre et battre en elle. Et puis, plus rien. Elle restait là, prostrée, la voix cassée à force d'avoir hurlé sous la large main. Et la chose sortait d'elle toute vernissée et son entrejambe lui brûlait comme ses yeux d'avoir trop pleuré.

Alors il l'essuyait en l'embrassant, la berçait avec les promesses de tout ce qu'il ferait pour elle en échange du secret et il la recouchait. Elle aurait des cadeaux demain. Encore une fois, on le trouverait si bon père. Et elle, elle aurait tant de mal à marcher et elle aurait peur tant de soirs avant que ça le reprenne.

Elle a tout raconté, elle a eu le courage de croiser son regard. « Que faire contre le sceptre turgescent du père ? » L'avocate parle et elle voit les jurés qui pleurent. Elle se souvient du cri de sa mère Salope ! Salope ! qu'est-ce qu'on t'a fait pour que tu ailles raconter des choses pareilles ? Et son silence à lui. Elle a raconté quand et combien de fois par mois et comment. Elle a répété et décrit autant de fois qu'il le fallait. Dis-leur papa que tu l'as fait, jusqu'à ce qu'il s'écroule, Dis-leur papa que tu l'as fait. Il s'est effondré, il sanglotait.

Elle avait porté plainte pour sa sœur, presque huit ans et déjà sur elle le regard qu'elle connaissait. Tout, il a tout reconnu, la lavant à jamais de sa culpabilité.

Mais comment se défaire de cette peur rentrée qu'elle a vécue pendant plus de dix ans, des cauchemars où il est derrière la porte, des nuits où elle entend ses pas, où elle sait qu'il vient la prendre, où elle sent encore son membre dans sa bouche, où elle se réveille étranglée par ce qu'elle croit encore être son sperme ?

Les comprimés, bien sûr, les comprimés pour longtemps et la parole partagée pour réinvestir ce corps par lequel elle a tant souffert et qu'elle s'est dénié. Encore l'hôpital. À vie peut-être.

3.

Finalement avec les mecs intelligents, c'était pire. Sous prétexte qu'ils vous ont sautée, sous prétexte qu'ils vous ont fait jouir, votre ventre leur appartient. Et alors que ce qui les a attirés en vous c'était ce désir affiché d'eux et de leur corps, cette liberté dans la volupté conquise avant même d'être partagée, la possession les rend à une normalité que vous aviez d'emblée reniée. Et dès lors, lorsqu'ils bandent, c'est pour vous, ils présupposent toujours votre accord et votre enthousiasme. Et si ce n'est pas votre moment, si chez vous le désir n'est pas là, ils s'offusquent, font du chantage, cherchent à vous forcer et finalement se branlent sous votre nez, d'un air satisfait, un rien provocateur. Tu ne veux pas, bon, après tout.

C'était ça le pire, cette évidence de leur désir niant le sien, cette fatuité qui les menait à confisquer l'acte sexuel, à le ramener à cette relation univoque normée par leur volonté. C'était pour ça qu'elle n'avait pas pu l'épouser, lui, l'homme de la maturité qui l'avait aimée. Par cette façon qu'il avait eue de céder à ses avances, d'être fou de sa liberté en amour, de se sentir comblé par son inventivité, sa passion sans tabou, il lui avait laissé croire qu'elle était son égale et qu'elle créait son plaisir à lui autant qu'il lui en donnait. Et quand ils étaient devenus un couple, habitant sous le même toit, pensant au mariage, elle avait découvert que son désir à elle le figeait, et que loin d'être un excitant, il tarissait ses émotions. Peu à peu, elle avait compris qu'il tenait à avoir l'initiative et elle s'était un moment résignée à jouer un rôle passif, cédant à son désir en niant le sien. Cette idée que tout dans la société, dans leur vie à deux, impliquait par avance qu'elle cédât quel que fût le moment, quelle que fût la situation, qu'elle cédât même quand tout en elle s'insurgeait, ce postulat qu'elle était son pré carré, sa possession et que sa volonté à elle s'en trouvait abolie, désormais effacée par son désir à lui comme si elle n'existait plus... tout cela l'avait amenée à rompre.

Maintenant encore, ces plaisanteries masculines sur les migraines, les refus de deux heures du matin, cette condescendance pour les caprices des femmes... Quels caprices ? Mon ventre est à moi et que je t'y ai donné droit une fois n'implique rien d'autre que cette fois-là, décidée, voulue par moi. Ton désir n'est pas nécessairement le mien. Et jamais je ne subirai ce qui ne doit pas procéder de mon élan à moi.

## *XZ*

Quoi excisée ? Qu'est-ce que ça veut dire excisée ? Lâchez-moi ! Lâchez-moi ! Je n'ai pas besoin de vos piqûres ! Je vais me calmer. Je vais me calmer. Je veux qu'on m'explique seulement. Pourquoi à la visite médicale on m'a mise à part. Pourquoi la doctoresse m'a pris la main pour me dire qu'elle allait m'adresser à un spécialiste à l'hôpital parce que maintenant, avec la puberté, j'allais avoir des problèmes et qu'il faudrait m'aider. J'ai quoi là entre les jambes de différent des autres et que vous venez tous voir? Pourquoi moi ? Ma culture ? Mais je suis française, je suis née en France, je ne suis jamais retournée au Mali de mes grands-parents, pour moi c'est des sauvages là-bas. Mon père et ma mère sont des grands fonctionnaires français. Des pratiques africaines traditionnelles ? Mais qu'est-ce que j'ai à voir avec tout ça : jamais, jamais nous n'avons pris en compte les modes de vie maliens, nous sommes français. Même la cuisine de là-bas, je ne sais pas la faire. Ma mère encore un peu. Jamais je ne me suis sentie noire et là tout d'un coup dans vos yeux à tous, pour une raison que je ne connais pas, je suis noire. Rejetée, méprisée ou pire, pitoyable. Jamais je n'ai été noire. L'école m'a appris que je suis l'égale de chacun d'entre vous, jamais je n'ai eu à me considérer comme noire. Dans mon lycée, on dit brillante comme Bintou. Je veux faire sciences-po et après l'ENA. Et vous êtes tous là à me regarder comme un ovni. Mais qu'est-ce qu'il y a à la fin. Vous pouvez m'expliquer quand même !

Il vous faut un tableau, OK. L'appareil génital de la femme, je connais. Les grandes lèvres, les petites lèvres, le clitoris. Bon. Est-ce que j'ai eu la curiosité de regarder dans quel état était ma vulve ? Pas vraiment. Non. C'est comme si on me demandait de regarder mon bras. Qu'est-ce qu'il a mon bras ? Oui parfois j'ai des brûlures mais je me lave avec une lotion spéciale. Que je touche en regardant le croquis. Oui c'est vrai c'est boursouflé, comme soudé. Ça a été cousu ? Ah bon. Pourquoi ? L'excision consiste à couper les grandes lèvres, à arracher la partie émergée du clitoris, parfois à coudre les restes des parois de la vulve, dans certains cas à infibuler la cicatrice. Et moi j'ai ça ? Et moi j'ai ça ! Ça veut dire qu'on m'a mutilée en connaissance de cause, pour respecter de vieux tabous qui doivent soumettre la femme à l'homme en lui interdisant le plaisir. Mais c'est immonde. Qui m'a fait ça ? Quand m'a-t-on fait ça ? Aucun souvenir, aucun. Quand j'étais toute petite ? Mais il a fallu que ce soit fait à la connaissance de mes parents, qu'ils aient été consentants. Ils savaient. Réparer ? Je me fous de savoir qu'on peut réparer. Ils savaient et ma mère savait et elle a accepté ?

C'est impossible ! Je veux les tuer et mourir ! je veux les tuer et mourir ! Arrêtez de me parler, de me tenir, je n'entends qu'un bruit confus, je deviens folle, tout tremble en moi, tout tremble de ce bout de chair arraché dont je n'ai pas eu connaissance. Même si on répare, je ne serai jamais la Bintou de l'origine, d'ailleurs je ne suis plus

Bintou. Mutilée, je suis mutilée, je suis une autre. Et ce sont des hommes qui m'ont fait ça, des lois d'hommes qui ont ordonné ça. Tous les hommes que je rencontrerai je leur arracherai leur bite avec les dents, je leur boufferai leur maudit bâton, je le déchiquetterai, vous m'entendez ? Salauds d'hommes ! salauds ! et putain de ma mère et de ma grand-mère qui ont subi ça, qui ont accepté ça, et qui me l'ont imposé.

1.

La facilité avec laquelle les êtres entrent dans votre vie. Un regard seulement et ils s'installent. Ou alors, ils arrivent sans même qu'on le sache, à la fois étrangers et intérieurs. Tout petit d'abord. Et puis ça grandit, ça devient tout, ça vous dévore. Et quand ils vous ont dépossédée de vous-même, que vous n'existez plus qu'à travers eux, ils décident que c'est mieux ailleurs ou que vous n'existez plus ou que vous n'en valez plus la peine ou qu'ils en aiment une autre.

Pour tant de femmes autour d'elles, ce statut ambigu d'épaves de la vie, laissées là par le flot des êtres aimés, comme déshabitées et incapables de vivre autrement qu'au passé. Alors la peur d'être un jour confrontée à cette désertion. De voir se tarir un jour ces années de soins et d'amour, ces années où ils étaient son air et sa lumière, d'avoir à les regarder comme on fait des mirages, à la fois pénétrée de leur puissance, de leur présence, et toujours frustrée de leur évanescence. La preuve de son idiotie irrémédiable.

3.

Qu'est-ce qui reste de tout ça ? Plus rien de la tendresse de l'enfance, celle qui lui permettrait encore de pleurer sur elle. La baise peut-être. Mais plus le sentiment, ça fait trop mal. Et quel échange désormais ? Avec ces êtres si jeunes, si lisses, si loin d'elle par l'âge, les loisirs, les habitudes de vie. Eux pressés d'arriver par tous les moyens dans une société qui les nie et croyant qu'elle, son argent, son cadre luxueux, ses amis prestigieux sont autant d'assurances pour leur avenir. Elle qui consomme encore des jeunes hommes beaux et vigoureux, prêts à lui donner le plaisir du sexe pur, la jouissance sans amour, sans compromission, sans tabous, des hommes esclaves de son caprice, de ses pulsions.

Mais pas d'attachement, pas de cette tendresse protectrice qu'un chat suscite et nourrit de sa fragilité tendre, succédané d'enfant, pas de cette complicité qui se tisse mystérieusement avec un cheval ou un chien, compagnons de vie qui comprennent tout de la tristesse ou du désarroi sans qu'on leur dise un mot et qui vous reçoivent contre eux avec la dignité de vieux amis qui connaissent la vie. Rien que le sexe tarifé, car avec lui, toujours libre d'y mettre fin par de l'argent, par une recommandation qui l'émancipe définitivement de tout devenir commun. Elle leur loue leur corps et les renvoie payés sans regrets.

Le plaisir. La jouissance durant toutes ces années cherchée, conquise par une science profonde de la dérive, de l'abandon. Parfois foudroyante comme une évidence sans lendemain, parfois hésitante, trouble, longue à se dessiner enfin dans l'absolue liberté bien comprise du désir et de son assouvissement. Sans rien avant. Sans rien après.

1.

Tant pis. Je ne pourrai plus jamais. Plus jamais. Mais pourquoi j'ai accepté si longtemps ? Les repas de famille, chaque Noël, les fêtes, les anniversaires. Toujours les mêmes à table et toujours moi aux fourneaux. Toujours les mêmes sur les photos, trônant, prenant la pose et moi faisant le service. Et les remarques, trop à manger, trop bon, trop bien fait et pourtant derrière ces mots, pas assez. Il aurait fallu qu'elle passât son temps à travailler comme une folle, ce qu'elle faisait, mais sans que cela se sache ni ne se voie, dans sa fatigue ou sa fébrilité. Qu'elle ait, malgré toutes ses tâches, la vacuité, la transparence, la légèreté d'une femme dont la journée tout entière est consacrée au quotidien, aux siens, à elle-même. Mais il y avait tout le reste, l'extérieur, le travail, les responsabilités, les horaires accablants. Et cette cacophonie intérieure qui mêlait tout.

Elle est recousue partout maintenant. Son sang ne coule plus. Ça a été long cette chirurgie réparatrice, de plaie en plaie. Plus jamais. On ne me forcera plus jamais. Finies les visites obligées. Les repas qu'il faut rendre. Les sourires forcés quand on refoule ses larmes. Jamais. Finies les cruautés subtiles qu'on décode inévitablement, elles sont faites pour ça, et qui s'insinuent comme des poisons distillant longtemps après leurs effets délétères. Les mots des mères, pas seulement la sienne, mais celle de son mari, celle qu'elle s'était choisie en esprit, mère de sa tête comme elle l'avait cru, mère qui n'avait jamais eu d'enfant de sa chair, mais dont elle avait pensé qu'elles s'étaient reconnues pour mère et fille, elles deux, qu'elles pouvaient s'aimer l'une l'autre comme des adultes consentantes qui trouvaient dans cette relation le respect mutuel, la connivence intellectuelle, la confrontation toujours riche des idées. Mais ça aussi c'était un rêve.

Elle avait tout cassé en fracassant cette verrière. Passée de l'autre côté du miroir. Elle les voit toutes maintenant dans leur affreuse nudité sans qu'elles aient à se déshabiller. Elles ont des âmes flasques comme leur ventre et leurs cuisses, des cœurs blets comme leurs dents et leurs sourires. Elle les hait désormais et elle peut le leur dire.

3.

Qu'est-ce qui reste de tout ça ? La baise peut-être et encore, pas sûr. Parce que c'est toujours la même chose avec les mecs. Cette façon qu'ils ont de s'accrocher. Parce qu'ils vous ont sautée, qu'ils vous ont ému le con d'un coup de queue, ils croient qu'ils comptent. Quelle bêtise ! Est-ce que le corps se souvient seulement ? Il lui était arrivé de s'éveiller à côté d'un homme qu'elle ne connaissait pas. Lui se souvenait de ses mots, de sa passion de la nuit avec des sourires d'enfant parfois. Il croyait avoir trouvé en elle quelque chose. Elle, elle avait mal à la tête d'avoir trop bu. Rien ne pouvait remplacer l'aimé de sa jeunesse. Ce regard sans regard la première fois, à l'autre bout de la pièce où elle venait d'entrer et d'emblée, elle avait su sans qu'il fît un geste qu'il tremblait de désir. C'est ce frisson qu'elle cherche à retrouver dans chaque homme qu'elle lève. Et ce soir où elle a gagné sa chambre et où elle l'a retrouvé dans ce couloir d'hôtel chic et neutre, ce soir où tout avait commencé, le monde, la vie, autre chose, ce soir où elle avait cru tout possible. Trop mal à dire. Pas parler.

2.

Le chômage. La mise à pied. Poussé vers la sortie. Remercié. Largué quoi. Il avait fallu endurer son silence. Au début c'était si terrible de le voir ne rien faire qu'elle rentrait tard. De plus en plus tard.

Dans la journée j'avais le travail, les collègues, tous ces êtres à qui la vie nous frotte bon gré, mal gré. Au fond ça réchauffe. Aussi faire durer ça le plus possible, ce semblant d'être, c'était facile. Mais après, avec la retraite, c'était devenu insupportable de cohabiter dans ce silence ennemi.

Alors, le placard, ce non lieu, lui avait permis de survivre quand tout le monde la cherchait, pour l'engueuler bien sûr, pour se plaindre, pour râler, le placard où elle se précipitait sous prétexte d'y chercher quelque chose, où ils l'oubliaient, d'où elle les entendait braire et beugler.

Le placard avait été encore le refuge cette fois-ci au bruissement du vide. Etre là au milieu des cartons, des rangements multiples, stratification aveugle de ma vie. Assise par terre, le corps défait, à l'abri des regards, j'échappe à la vie, je me donne au néant, seule bouffée de liberté. Autrefois, à l'époque des enfants, j'y délassais mes muscles, j'y dénouais toutes ces choses serrées en moi et je les posais là comme on se défait d'un bagage. Aujourd'hui, dans cet espace clos, dans l'étroitesse rassurante des murs, je ne suis plus qu'un objet sans utilité, mis au rancart, un vieux sac vide. Rien pour personne. Un soulagement.

3.

Mais la baise, ça ne suffit pas. Elle donnerait tous ses amants et la jouissance qu'elle en a tirée pour retrouver la seule chose vraie de sa vie, cette douceur, cette transparence de l'enfance quand le monde était simple et clair. Combien de fois déjà est-ce arrivé, se tuer, fuir cette vie, marre de tout ? Elle sait bien comment ça s'est passé chaque fois. Elle a ouvert le coffret et elle a mis le bracelet de sa mère, le bracelet aux agates qui font un bruit de galets roulés par les vagues du soir. Elle a d'abord bougé le poignet et leur bruit mat et doux a rempli la pièce et le monde. Elle s'est mise à boire alors. Toujours la même chose. Boire pour retrouver les images, les sensations, suivre en mémoire des sentiers oubliés, revoir des paysages à jamais murés. Inaccessibles. De l'autre main, elle a tâté du bout des doigts une agate et puis l'autre, et une autre et une autre, en suivant la tresse d'or qui les relie, les treize, toutes différentes, les yeux fermés comme si elle récitait un poème ou chantait un cantique, en palpant leur douceur, leur rondeur lisse et froide. Elle les a encore secouées, pour entendre leur bruit amorti, leurs sonorités de bonbons acidulés qu'elle faisait claquer contre ses dents. D'habitude, elle prenait les comprimés tant qu'elle pouvait soulever son verre. Mais cette fois-ci, elle s'est dit qu'avec la voiture, ça serait radical.

Dormir définitivement, les agates au poignet, dans les bribes d'une enfance dont elle ne sait même plus si elle a été rêve ou réalité. Elle sait bien ce que lui ont répété les psychiatres pendant des années. Elle sait faire le départ entre ce qui s'est réellement passé dans son enfance et les représentations qu'elle en a construites, parce qu'il fallait les aimer ces deux-là, son père et sa mère, les aimer coûte que coûte pour croire à la vie. Quand elle n'a pas assez bu, elle se réveille trop tôt, lucide et amère, consciente que tout ça n'est qu'une mythologie personnelle, une de plus, qu'elle a inventée pour survivre. Mais quand elle a sa dose, il lui est facile de mourir pour l'enfance, pour son enfance, même si elle n'est qu'une fumée de l'esprit. Cette fois-ci encore, c'était si simple.

# *YX. 1*

Oui je suis morte mais je hurle. Je hurle de ce hurlement qu'entendent toutes les femmes quand elles ouvrent un journal et qu'elles lisent « Les diaboliques de la lande », « Un corps de femme mutilé dans l'Isère », « Le tueur en série de la région parisienne ». Je hurle de ma bouche sans lèvres et pleine de sable. Pour moi et pour mes deux camarades, enlevées dans un bal de village, un bal comme il y en a tant, par deux brutes épaisses. Un verre de vin, quelques mots, un peu d'attention et à trois n'est-ce pas, qu'est-ce qui peut bien nous arriver. Je hurle pour moi et pour elles, pour nous qu'on a retrouvées au bout de huit jours, mal enterrées dans un bunker de la côte abandonné aux sans-abris. Ce grand cri rentré dévastait tout au fond de moi tandis qu'ils fouillaient mon ventre, ma bouche de leur sexe abject, prise et reprise aux mains de l'un et de l'autre, bâillonnée à coups de poing, maintenue de force dans leurs rires et leurs commentaires, consciente et en même temps ailleurs comme si ce corps assiégé, violenté, meurtri était une autre que je voyais forcée et avilie.

Je hurle contre leur force qui a fait de moi leur jouet, contre leur bêtise, contre leur laideur. Je hurle d'être restée là brisée à coups de pied, pantelante, sans un cri, pendant qu'ils se renvoyaient les deux autres, les jetaient à terre, leur enfonçaient la tête dans le sable pour le plaisir de les sentir se convulser sous l'étouffement progressif, pendant qu'ils s'abattaient sur elles pour les violer. Je hurle devant leurs membres brandis qu'ils comparaient en ricanant, gluants de nos sangs mêlés. Vas-y fourre-la, fourre-la, hein, tu en veux encore salope, ça fait des giries mais ça aime ça, sucer, se faire foutre, par-devant et par-derrière. Je hurle devant leur jouissance imbécile, leur halètement ignoble, la façon dont ils secouaient celle qui s'était évanouie ou qui déjà était morte, comme on secoue une poupée trop vite cassée. Je hurle.

Du fond de ma nuit, je hurle pour les femmes, toutes celles qui ne sont que ça depuis toujours aux mains des hommes. Cette chose prise et souillée qu'on laisse à la fin quand la mort a figé le dernier soubresaut de douleur, quand le regard est devenu vide, quand les membres se sont défaits d'un coup comme ceux d'un pantin déjeté.

2.

Il allait falloir rentrer dans cette maison vide. Elle avait encore dans ses tiroirs ces objets mièvres que les enfants fabriquent avec la complicité de leurs maîtresses ou des grands-mères quand ils sont tout petits. Objets inutiles. Objets sans prix quand on les reçoit dans leur maladresse, dans leur banalité parfois un peu ridicule, ronds de serviette, dessous de verre, cœurs en tapisserie, galets peints. Reliques qui n'ont plus de sens quand on les retrouve sans les avoir cherchées, oubliées là où on les a laissées des années auparavant.

Longtemps, elle avait ouvert ces tiroirs où elle savait les trouver. Elle était soudain submergée d'émotion quand d'une enveloppe crevée par l'usure sortait une boucle de cheveux d'un de ses enfants, des cheveux drus, vivants, soyeux comme si on les avait coupés la veille. Puis c'était devenu insupportable, ces cheveux sans une altération, comme coupés d'hier et elle si vieille, si loin de cet instant, si dépossédée des sentiments de tendresse et de douceur qui avaient présidé à cette cérémonie, quand on coupe des boucles ou des cheveux lisses comme de l'eau pour égaliser la coiffure de ses enfants. Le bruit du ciseau dans ces masses vivantes, la main qui retient les mèches et les saisit à poignées. Les placer ensuite dans des enveloppes longues et rebondies de ce trésor soyeux et bruissant d'un murmure infime chaque fois qu'elle les froissait. Elle en avait des frissons.

C'était devenu obscène à ses yeux, comme si elle avait gardé dans ses tiroirs un écureuil ou un chat mort dont elle aurait encore caressé le poil très doux. C'était d'autant plus imbécile que ceux-là même qui avaient porté ces cheveux étaient bien vivants et qu'ils avaient en général tout oublié de leur enfance, comme si c'était insignifiant d'avoir partagé avec cette vieille mère recroquevillée sur elle-même la passion des oiseaux ou des papillons.

Alors, elle avait fini par ne plus ouvrir les tiroirs, par refuser de voir les restes de leur enfance partagée. Elle en était venue même à s'en prémunir, car l'irruption d'un de ces objets dans sa vie d'aujourd'hui l'arrachait au calme précaire que lui donnait la confrontation quotidienne avec le vide.

1.

Les trois mères. Aucune d'elles ne serait là quand elle sortirait de l'hôpital.

La sienne d'abord, l'adorée, l'attendue, la jamais là, ailleurs l'herbe est plus verte. Toujours ailleurs quand quelque chose d'important se produisait tu m'attendras bien pour accoucher, je t'interdis de le faire tant que je ne suis pas revenue parce qu'un voyage à Pékin n'est-ce pas et offert en plus, je ne peux pas rater ça, tu as raison, ne t'en fais pas, profite et amuse-toi, je ne veux pas te priver de ton plaisir.

Toujours autre chose à faire, une sortie, un repas et des voyages, des voyages qui l'arrachaient à un passé dont elle ne voulait pas et dont je faisais partie. Cruelle d'un mot : impossible de renoncer à un bon mot puisqu'il fait rire même quand il se fiche comme un trait dans la poitrine de quelqu'un, moi faire du mal, j'en suis incapable, d'ailleurs le plus souvent, je suis trop bonne, les gens en profitent.

Ma mère la reine, l'absolue pour qui toutes les activités doivent cesser quand elle arrive car il n'y a plus qu'elle alors, elle, ce qu'elle raconte, ce qu'elle joue, diva autocratique qui ne supporte pas qu'on continue à repasser en sa présence, ou à tondre une pelouse, ou à coudre ou à vivre et qui attend comme un dû l'attention de tous.

Ma mère et son mépris pour ce qui n'est pas elle, qui se lève parce que je pleure devant elle, tu boiras bien quelque chose, je vais faire un thé et me laisse là avec mes larmes idiotes, d'ailleurs pourquoi je pleure, pour des choses qui n'existent pas, tu es trop sensible, tu inventes, c'est épuisant avec toi, tu n'es pas raisonnable, vraiment tu devrais te faire soigner, tu es impossible.

Tant de fois ce discours. Alors ne plus parler, ne plus pleurer aussi, ça lui est insupportable, parler des choses permises, tolérées, du temps, des informations, de rien, mais toujours au moment où je m'y attends le moins, la pointe décochée à l'improviste, avec la sûreté d'un archer sans pitié, pour bien montrer qu'elle n'est pas dupe, que c'est un jeu et qu'elle garde la haute main sur ma vie, qu'elle peut tout bouleverser d'une phrase, qu'elle est celle qui de son talon écrase la fourmi que je suis, moi qui ne sais pas vivre puisque je ne sais pas prendre, tirer des autres ce qu'ils ont à donner, si tu ne demandes pas, qu'est-ce que tu veux obtenir, d'ailleurs qui ne risque rien n'a rien. Elle qui obtient toujours tout de moi. Je paye les additions au restaurant, ses vêtements dans les boutiques, les cadeaux de toutes sortes, car elle m'a dévolu le rôle de mon père, prodigue à l'infini quand il s'agissait d'elle et encore jamais assez, et je dois payer le plaisir de la voir, le plaisir de l'entendre, le privilège de l'accompagner dans ses folies, moi qui lui donne toujours raison de son égoïsme, de sa futilité, de sa cupidité qui étalonne tout au prix de l'argent. Mais c'est normal parce que moi, j'appartiens à la piétaille, à ces êtres insipides qui n'ont rien compris de la vie, qui croient construire et créer, comme si la vie était autre chose qu'une vaste table de baccara où chacun jette ses jetons à l'aveuglette. Alors autant miser sur le plaisir, le faire passer toujours avant les obligations, les nécessités de la vie et s'amuser avec d'autres, tous les autres plutôt que moi, trop triste, la rabat-joie, enfermée dans son petit travail, son petit couple, ses petits enfants, ses préoccupations quotidiennes, ennuyeuse à force d'économiser, de n'écouter que les désirs de son mari et des siens.

Sa vie à elle c'est la lumière, le luxe, la frime, ne pas manger chez soi parce qu'il y a toujours quelque part un cocktail ou une soirée ; c'est considérer qu'il est normal que les autres paient sa présence lumineuse parce qu'elle égaye un repas, tient brillamment le dé de la conversation, se conduit comme la reine des festins chez les Grecs, accordant à chacun ce regard qui le fait chavirer car il le tire de son néant et le caresse, le faisant vivre pour une fois.

C'est fini, ça aussi c'est passé. Je ne marche plus.

3.

Elle a toujours le bracelet de sa mère. Un monde dans le cliquetis mat de ses pierres. Parfois, en tenir une de ses trois doigts, polie et douce. Leur forme de cœur, renflée, oblongue, ou large et plate. La douceur d'un violon dans un ciel d'été et les parents assis sur les marches d'une vieille maison, la tête renversée pour compter les étoiles. Le cliquetis du bracelet au bras de sa mère comme un rire. Les agates parfaitement lisses sur la peau veloutée de son poignet. La paix du soir qui tombe. Un parfum d'herbes et de Rochas mêlés. Et au hasard de la lune, la lueur des pierres sur le bras de ma mère, le quartz rose, l'obsidienne, le jade, l'œil de tigre et les autres comme autant de marque de baisers.

La verte, sa préférée, translucide comme un bonbon à la menthe déjà sucé, presque juteuse, luit vaguement. La verte, la perdue, la tombée, celle sans laquelle le bracelet se trouvait orphelin, la verte, elle l'a cherchée deux jours durant quand elle avait sept ans, refaisant les pas de sa mère dans le jardin et son œil aigu l'a traquée jusque dans le fouillis végétal où elle était tombée. Mission bouleversante et victoire émerveillée.

Les pierres sont toujours à mon bras. Je les regarde encore, elles bruissent de leur éclat insolite dans cette lumière crue de l'hôpital. Fermer les yeux et les entendre encore. Ne plus penser, ne plus voir.

2.

Au fond, même ici entourée par ce charroi incessant, elle est habitée par le silence. Celui qu'elle va retrouver dans sa maison sans ce vieil homme en train de mourir là derrière cette vitre. Le plus dur, ça avait été pendant longtemps de n'être jamais seule. Le savoir toujours égrotant, vaguement éveillé dans ce lit qu'il ne quittait plus, ce poids de chair dont elle ne savait pas si elle était encore habitée d'une conscience. Dans l'appartement trop petit pour s'isoler, sa respiration partout. Plus insoutenable que tout le reste. Irrégulière, parfois rauque. Parfois presque le silence. Mais elle reprenait toujours. Jamais la fin. Et puis il y avait eu ce râle. Ce râle ininterrompu. Un raclement profond qui n'avait plus rien d'humain. Il remplissait l'espace et elle ne savait pas comment l'arrêter. Elle avait appelé le SAMU. Remettre à d'autres ce bruit affreux auquel elle restait étrangère.

Depuis, dans ce hall des urgences traversé de bruits, elle approche le vrai silence. Le goût âpre de la solitude enfin venue. Elle écoute sa respiration comme si elle ne l'avait jamais entendue. Elle la développe, elle l'amplifie comme si elle avait été, toute sa vie, contenue.

# *YX.2*

Qu'est-ce que je suis aujourd'hui ? Moi et mes compagnes, un tas de boue sanglante livré aux mains de la médecine légale. Ils vont comptabiliser les traumatismes, les tortures, les agressions subies, les coups portés et marquer sur notre pauvre chair froide les traces des actes commis. Nos corps ne sont plus que des livres déchirés et salis sur lesquels lire l'innommable. Et il y a l'enquête, les articles des médias, *Le piège infernal*, *Violées par des brutes*, *Un avatar du quart-monde*, *Les tueurs arrêtés*. Et tout ce que les spécialistes, policiers et gendarmes, psychiatres, sociologues, vont dire.

Nous allons accaparer quelque temps les colonnes de ces journaux voraces, assoiffés de faits scandaleux, exploiteurs de la misère humaine car ils vont bien au-delà de la simple information. Et après que tout aura été étalé dans les journaux, tout sera remis à l'affiche au moment du procès et on interrogera les gens de notre village, nos parents, nos amies, tous ceux qui ne savent rien de la barbarie et qui ne comprennent pas. On dira des tueurs une famille reléguée, des personnages bizarres, sans éducation, sans sociabilité, et pourtant chacun les côtoyait chaque mercredi au marché, chaque dimanche au café. On ne les aimait pas, on s'en défiait, ils étaient violents, orduriers, volontiers hostiles, même la mère était méchante, sale et affreuse. Certains parleront des bas-fonds, d'autres de Hugo et de Zola, on fera des développements à la barre sur toute cette partie de la France, méconnue et oubliée qui vit en dessous du seuil de pauvreté, qui a été chassée de l'école quand elle ne s'est pas d'elle-même déscolarisée, qui souvent ne sait plus ni écrire, ni lire, qui n'a aucune notion de ses devoirs ni de ses droits et qui vit comme on braconne en croyant arracher à la communauté comme un exploit ce qu'elle vole ou qu'elle trafique.

On dira de nous des pauvres filles, un CAP de coiffure, des qui n'ont pas eu leur Brevet des collèges, des apprenties ici ou là, des ouvrières, des filles sans histoire qui allaient au bal, parce que dans ces petits pays du Nord, il n'y a pas de cinéma, pas de distractions, simplement les fêtes où on se rencontre un peu et il faut bien se rencontrer n'est-ce pas si on veut un jour se marier. Drôles de noces que celles qui nous ont été réservées.

Et on nous oubliera jusqu'à la prochaine affaire, car il y en aura une autre, avec des éléments différents, des personnalités pas tout à fait similaires, mais la même atrocité, le même dégoût de l'humain, la même fascination du monstrueux aussi. Voilà pourquoi je hurle dans la tête de chaque femme qui lira un de ces articles, voilà pourquoi mon hurlement s'inscrira en elle pour toujours et sera à chaque fois réveillé par d'autres, par les futures victimes, celles qui nous suivront inéluctablement. Car nos morts sont celles de toutes les autres, les séquestrées, les violées, les avilies qui servent de pâture à des désirs bestiaux.

1.

Les trois mères. Désormais plus aucune. Ni la sienne, ni les autres.

Fini d'écouter l'autre, celle de son mari. Toujours à ressasser son passé, ses regrets, ses rancœurs, le sentiment d'être une princesse à qui la vie a manqué. D'avoir déchu de son statut de fille unique, gâtée, outrancièrement flattée, par son mariage avec un homme, oh ! c'est une bonne pâte bien sûr mais sans ambition, sans avenir, un homme quelconque. Et l'écouter toujours faire miroiter les splendeurs d'une enfance passée dans des palais anglais de la côte d'Azur, s'inventer un passé de princesse russe, se croire encore détentrice d'un savoir-vivre et d'une culture immémoriale. Je ne la verrai plus. Je n'attendrai plus jamais qu'avec sa voix la houle de sa nostalgie s'apaise.

Libre désormais.

2.

Pendant des années, tous ces actes minimes que personne ne voyait, qui semblent inexistants pour ceux qui ne les font pas, ces gestes du quotidien que toutes les femmes font pour le bien-être de leur famille. Inconnus de chacun. Comme si faire les lits, balayer, aspirer, laver par terre, faire la cuisine en renouvelant les plats deux fois par jour, ranger la vaisselle et les chambres avant d'aller travailler, laver et repasser en rentrant du travail, ça n'était rien.

Elle-même les avait faits chaque jour ces gestes en considérant que ce n'était rien, comme s'ils lui étaient aussi étroitement naturels que respirer ou manger ou dormir.

Elle ne les aimait pas tous ces actes étroits et répétitifs, pas particulièrement, simplement il fallait les faire. Parfois cependant elle s'était réfugiée en eux, tous ces gestes précis et banals dans lesquels il était si facile de s'oublier. Dans une maison, il y a toujours tant à faire, tant de choses à faire passer avant soi.

Ils avaient été comme des pierres ramassées chaque jour au bord d'un chemin, ces gestes toujours les mêmes. Dans un état d'esprit différent chaque jour. Parfois lumineux comme ces bouts de verre ramenés par la mer encore humides, prenant à ses yeux un sens profond, témoins du bonheur et de l'harmonie familiale. Parfois ternes et sans éclat, ramassés machinalement au cours d'une journée comme les autres. De toutes tailles, de toutes formes, des cailloux qui semblaient aujourd'hui remplir les poches de son tablier, la courber irrémédiablement vers la terre. Pour chaque tâche accomplie et niée par tous un caillou de plus. Au nom de quoi ? Au début ça avait été au nom de l'amour, au nom du bonheur collectif en déchargeant chacun de ce qui l'ennuyait et puis au nom de rien, par habitude, par lassitude d'avoir à demander dans le vide parfois que quelqu'un l'aide, que quelqu'un d'autre fasse.

Et maintenant elle est devant un mur infranchissable. Plus de force pour le passer, lourde, trop lourde de tous les cailloux accumulés. Une grande fatigue, l'engluement dans le silence. Car même les mots prononcés sont des pierres qui vous tirent vers le fond. Longtemps après qu'on les a dits, leur écho revient sans cesse. Un mur infranchissable.

1.

Bercée par ces femmes qu'elle ne connaissait pas, dont elle n'apercevait pas même le visage, allongée à présent depuis des heures sur des brancards, des tables d'opération, des chariots, des lits successifs, maniée avec précaution comme un objet précieux, incapable de parler ou de manifester un sentiment parce que fatiguée, trop fatiguée, elle se réfugiait dans cette passivité sereine et elle se sentait naître à une autre vie. Elle passait d'un être ancien à un état nouveau. Et dans ce passage qui semblait si doux, toutes les vieilles terreurs, les interdits, les sempiternels devoirs se trouvaient effacés. Elle se pensait enfin détachée de tout ce que son mariage avait construit. Et d'abord orpheline des trois femmes qui avaient occupé tant de place dans sa vie.

Elle était enfin libérée de la mère en esprit, la troisième à qui elle avait remis son intelligence, celle qui avait été son professeur, un modèle, celle à qui elle se sentait liée non par les hasards de la vie mais par une loyauté choisie comme au Moyen-Âge celle qui liait l'homme-lige à son suzerain. Mais chez celle-là comme chez les deux autres, le même désir de pouvoir, l'art de la torture plus raffiné encore car cette fois-ci elle n'en était pas la cible directe. Art plus profond, plus achevé, la faire souffrir à travers ses enfants, leur mauvaise éducation, enfants gâtés, moi à votre place je les priverais de tout ça, enfants idiots, ils ne savent rien ces petits mais qu'est-ce que vous leur faites faire pour qu'ils soient si nuls, la télé bien sûr ça ne peut être que la télé.

Au-delà des remarques, des sentences, des critiques, les cadeaux humiliants, achetés au rebut chez les associations pour l'aide aux malheureux, donnés théâtralement et pour lesquels il fallait faire dire merci jusqu'à ce jour où elle lui avait donné pour sa fille une robe en morceaux, il suffit de l'assembler et de la coudre, vous savez bien faire ça tout de même. Sa fille dont elle était la marraine, sa fille, son trésor, sa beauté. Elle avait mis le cadeau à la poubelle et tout s'était délié d'un coup de la vieille tendresse, vingt-cinq ans, de la vieille reconnaissance, de la vieille fidélité qui l'attachait à cette femme.

2.

Elle avait toujours su que ce jour viendrait. Dans les moments où elle retenait son souffle : la colère de l'un, le regard de l'autre, l'indifférence ou la rage. Elle savait que viendrait le jour où ça se termine, où il n'y a plus rien, plus de matière à vivre comme quand on presse vainement un tube dentifrice à jeter ou qu'on recueille la dernière goutte d'une bouteille de lait.

Elle y avait pensé chaque jour en faisant ces gestes anodins, étonnée que personne jamais ne s'y arrêtât. Dans la vie des choses, quand on arrive à la limite, il n'y a pas de recours, pas d'autre moyen de recréer la substance utilisée. Quand une boîte est vide, quand une bouteille est vide, quand le réservoir est vide, on achète une autre boîte, une nouvelle bouteille, on remplit le réservoir ; mais pour l'homme quand il est arrivé à son terme, il n'y a pas de sursaut possible, il y a la fin et c'est tout. Elle avait toujours pensé que la vie était faite d'une matière conditionnée et pré-pesée et que ça finirait comme un tube de dentifrice où il n'y a plus rien à presser.

Le poids de chaque jour. Chaque jour vécu était irrémédiablement perdu qu'il soit resté vide d'amour ou qu'il ait été plein d'actions. Elle les avait comptés et recomptés ces jours. Combien pour une année, trois cent soixante-cinq, pour dix ans, trois mille six cent cinquante, même si on vivait quatre-vingt-dix ans, il fallait se contenter de trente-six mille cinq cents jours moins trois mille six cent cinquante, soit trente-deux mille huit cent cinquante. Et encore, il fallait enlever les trois premières années de l'enfance, ces jours-là comptaient pour du beurre puisqu'on n'en avait pas le souvenir. Il restait trente et un mille sept cent cinquante-cinq jours. Pour une vie c'est bien peu.

À certains moments de sa vie, soixante et soixante-dix ans, elle avait décompté ce qu'elle avait déjà vécu des jours qui pouvaient lui avoir été échus. Pour saisir la raréfaction de la vie. Quand des trente et un mille sept cent cinquante-cinq jours possibles on en a déjà vécu vingt et un mille neuf cents et que les jours qui restent sont soumis à l'arbitraire du temps, cela paraît dérisoire.

Et toujours ce sentiment de vertige, l'impression de perdre pied, l'air qui manque et le bruit du cœur qui cogne dans la tête. Faiblesse qui tire tout l'être vers le bas. Cette béance intime qui ouvre à vif la poitrine.

Elle va enfin échapper à tout ça. Elle écoute sa respiration et rien d'autre. Elle est là, pleine, longue, elle coule doucement à travers ses membres. Comme du sang qui baignerait à nouveau ses vieilles veines et assouplirait sa chair racornie. Se laisser glisser dans cette douceur d'être à laquelle rien d'extérieur ne participe.

1

Qu'est-ce qui a fait que je me suis décidée à ça ?

Partir ? Tant de fois le vouloir et ne l'avoir pas fait. Pourquoi cette fois-là le sentiment d'être arrivée au bout et cette volonté de se jeter dans le vide, de s'exploser sur cette verrière pour tout finir enfin, tout finir.

Quand elle pouvait partir, quand tout la poussait à partir, elle ne l'avait pas fait au contraire. Elle avait choisi de s'enraciner en lui plus étroitement par l'achat de la maison, la réalisation du projet d'origine, quand ils roulaient à vingt ans au gré des collines, simplement pour voir des maisons, pour regarder des maisons et rêver de la leur. Ces dimanches après-midi où ils sortaient de leur étroit appartement, quand leur premier enfant avait six ou huit mois, ils avaient rêvé ensemble de cette maison future. Alors quand elle avait senti en elle la folie de partir, elle s'était réfugiée dans la concrétisation de ce rêve en se disant que cela balaierait toutes les tentations, que cela les réunirait dans un même espoir, un même objectif, que cela redonnerait sens à leurs deux vies, les souderait à nouveau. Et elle n'était pas partie.

3.

Elle avait toujours tout refusé de ce rêve auquel elle n'avait jamais cru, l'amour-toujours, la vie à deux, sa consécration sociale, le mariage. Et pourtant elle avait failli deux fois. Deux fois la tentation d'être les autres, de se fondre en eux par l'amour qui vous efface et vous donne, l'avait effleurée. Deux fois elle avait failli accepter cet état de divinité béate d'adoration, conquise et mise à la place d'honneur, prêtresse d'un plaisir qui n'aurait pas été le sien mais celui de l'autre par lequel seulement on accède à la plénitude, à la fois soumise et impériale. Deux fois.

La première parce qu'elle aimait, la seconde parce qu'elle était aimée. Deux fois elle avait été troublée par cette force au-delà du désir. Une évidence radieuse qui éclaboussait sa vie et lui donnait d'autres couleurs. Et puis la première expérience s'était clôturée sur une tragédie, trop mal, trop dur, pas possible de dire. Et la deuxième, avortée avant même de la vivre car quoi vivre désormais dans cette folie d'absolu que la vie ne finirait pas par éroder et détruire. La première fois, ça avait été comme si on lui avait arraché les deux bras et les deux jambes et il avait fallu continuer à vivre estropiée, sans cesse consciente de l'autre perdu. La seconde fois elle n'avait pas voulu, trop lourde de ce poids de douleur que l'amour avait déjà jeté dans sa vie. Un mirage. Un mensonge. Elle n'avait pas la foi du bonheur. Finalement, elle considérait ça comme une perversion de la vie.

La liberté, c'était boire.

# *YY. 1*

Ce n'est rien docteur, ce n'est rien. C'est ma petite fille qui s'est affolée et qui a appelé le SAMU. Ils ont été très bien docteur. Mais c'était un cauchemar, juste un cauchemar. Je me suis dressée sur mon lit en hurlant, les yeux hagards, comme une possédée habitée par le démon. Elle me parlait et je continuais à hurler, prise dans ce rêve que j'ai fait tant de fois. Elle a eu peur voyez-vous, c'est terrifiant dans la nuit une vieille femme dressée sur son séant et qui voit des choses invisibles et qui ne comprend plus les paroles des vivants.

Mais vous ne pouvez pas me garder pour ça. Je dois prendre l'avion demain. Je dois aller à Tel Aviv, Docteur, la cérémonie des Justes. Je dois y être pour Damon et Alcibiade qui ont été pris avec moi, pour mon Jean qui est mort dans son lit parce que ni les uns ni les autres nous n'avions parlé. Mais vous comprenez docteur, quatre-vingt-trois ans, une telle émotion, une telle aventure : c'est tout ce qui me reste à présent puisque la maladie et la mort vont me priver de mon passé.

On a beau avoir tout traversé, être revenu à la vie, avoir eu des enfants et des petits-enfants, il y a eu les autres et on a vécu toutes ces années avec eux, sans cesse, dans l'esprit. Alors, là, à la veille de partir, tout est revenu, je croyais cela si loin. Les coups à la porte, Jean partant comme un fou par l'arrière avec les enfants hébergés chez nous, Retiens-les. Moi parlant derrière la porte, feignant le sommeil, les coups violents, l'irruption, la fouille mais la maison est grande et j'y suis seule. Jetée sur la place et les autres qui y viennent poussés comme un bétail humain, Damon, le sang à la tempe et les huit petits cachés chez lui, pressés les uns contre les autres, Alcibiade, les mains derrière la tête et les douze adolescents qui n'ont pas pu s'échapper. Et Jean ? et mon Jean ? Nous avons été donnés c'est sûr. Je me jette en avant Pas les enfants ! Pas les enfants ! Coups de crosse, de poing. À terre. Foulée aux pieds. Je ne reprendrai conscience que dans le cachot de la kommandantur à Lyon. Les enfants seront déportés sur le champ. Je vais être déférée à Barbie.

Que voulez-vous docteur, il faut que j'aille là-bas avec ces images dans mes yeux, la fraîcheur de leurs visages retrouvés, la violence des coups encore dans ma chair et là-bas, les mains de ceux que Jean a sauvés, leurs mains sur mes mains, leurs mains sur mon visage, leurs bras pour me tenir debout. Je dois vivre. Juste pour leur dire tout ça, à eux qui ont été le prix du sang et de la douleur.

Barbie. Son poing sur ma tête, son geste qui lance ma face contre le coin du bureau pour faire éclater l'arcade sourcilière. La violence froide et méthodique sur mon corps déjà brisé. Une seule pensée claire dans cette confusion de tout l'être : Jean. Il est passé. Il est passé et les autres aussi, le réseau a évacué tous ceux qui étaient en attente du passage, c'est pour ça qu'il s'acharne, Barbie, c'est pour ça qu'il cogne. Il ne les a pas trouvés. C'est à nous de subir l'horreur dans la joie intérieure d'une victoire qui nous dépasse et qui est ailleurs.

Je reste fermée sur mon secret comme un caillou. Longtemps après que j'ai perdu connaissance, il frappe encore, il frappe toujours mais ma fragilité est ma force. Vite cassée, sans résistance à la douleur, pauvre chose laissée là évanouie, pour mieux concentrer la cruauté sur les deux garçons. Ils ne partiront même pas en déportation comme moi. Ils sont morts dans les geôles de Barbie, torturés jusqu'au bout.

Avant de mourir à mon tour, je dois aller pour eux retrouver les quelques-uns qui ont été sauvés et les enfants, leurs enfants qui sont aussi les nôtres à présent. Leurs enfants, mon seul trésor.

2.

Toutes ces années où il avait fallu manger la vie, une bouchée pour maman, une bouchée pour papa. Ces jours interminables où il fallait courir la course sans pouvoir en voir la fin. Pleins. Trop pleins. De gens, d'action, de choses à faire, à acheter. Mais vides. Vides d'amour et de sens. Tout ça jusqu'à l'écœurement. Et le silence imposé aux refus. L'impossible réticence qu'il fallait mettre de côté pour continuer. À présent, le dégoût. Sous la contrainte : la nausée, le vertige.

Tout ça était en train de finir. Mais quelle issue pour tous ces mots rentrés, ces cris niés ? Pleine jusqu'à la gorge. Et personne n'entendrait jamais. Celui à qui tout était destiné, celui que son long monologue n'avait jamais atteint parce qu'il n'avait jamais pu passer la barrière de ses dents était là quelque part derrière ces portes et ces couloirs, en train de mourir. Elle savait qu'elle ne se planterait pas au milieu de la salle d'attente pour hurler ce long cri qui embrumait son esprit. Trop de respect des codes, des bonnes manières, trop d'habitudes. Pourtant elle se sentait comme un chien hurlant à la mort, dans la même tension du corps tétanisé par l'immobilité de la peur.

Rien que le silence. Même plus de larmes. Juste cette morsure intérieure de tous ses nerfs vibrant de ce cri si longtemps réfréné, à jamais tu.

1.

Je ne suis pas partie au bout de dix ans de mariage alors que tout me poussait à le faire, simplement parce que ça me paraissait impossible de partir. C'était une idée que je n'avais même jamais eue. Inconcevable. Mon mari comme si ma vie en dépendait, comme si j'allais mourir si quoi que ce soit nous séparait. Et là, brusquement, chez des amis, cet homme-là que je n'attendais pas, que je ne connaissais pas, qui ne m'était rien et qui faisait reculer dans la distance toute ma vie antérieure, qui brouillait tous mes repères, qui d'un regard me requérait tout entière, comme si j'étais à lui, de tout temps, sans qu'il ait besoin de le dire, une évidence au-delà des mots.

Un choc aussi fort qu'un cataclysme. La terre se dérobait sous mes pas, les êtres que j'aimais le plus se diluaient aux lisières de ma conscience et la certitude de son désir m'apparaissait plus forte que ma vie, que ma volonté. Les pauvres tentatives pour me raccrocher au quotidien qui sauve de tout, du désespoir comme de la folie et la certitude de ce harpon croché dans ma chair et dans mon esprit au point de ne plus savoir ce que je faisais. La sensation douloureuse de ne plus pouvoir respirer sans cet homme ; ne plus manger ; maigrir, maigrir, comme si je dépouillais mon être antérieur pour mieux lui appartenir.

2.

Avoir été traversée de toutes ces ondes et n'être plus qu'un chemin où personne ne passe. Elle avait eu mari, maison, enfants. Et voilà que tout avait disparu. Avoir tenu ces êtres si près de soi contre sa chair, les avoir tenus serrés, avoir tout partagé d'eux, les avoir regardés vivre avec ivresse, avoir sans cesse imaginé leurs désirs pour mieux les combler, souvent même, avoir inventé ces désirs pour être celle qui les réaliserait et se retrouver désertée. Insurmontable. Une douleur qui cassait bras et jambes. Un étonnement profond. N'avoir pas compris surtout, n'avoir rien vu de ce qui se défaisait en dehors d'elle alors que tout en elle gardait un sens.

On ne prend pas assez en compte le temps, on s'installe dans l'éternité du moi parce qu'on croit qu'on ne change pas et on oublie que tout, autour de soi, change sans cesse et que les autres, dans leur pérennité personnelle, ne changent pas non plus d'une certaine façon : pourquoi cesseraient-ils d'être des enfants capricieux et exigeants en devenant des adultes ? Elle n'avait pas saisi tout ça…

1.

Au moment où j'étais le plus tentée de partir, je ne suis pas partie. Je me débattais au bout de cette ligne par laquelle il me tirait à lui, l'autre homme. J'étais désespérée de mourir à un monde que je voyais disparaître pour ne laisser que des résidus insignifiants. Un appartement que j'avais choisi, aimé, aménagé avec l'homme de ma vie, des meubles qu'on avait cherchés ensemble, un décor que j'avais créé ! et tout me devenait étranger. Mon mari lui-même, un autre visage, plus la même image, un corps lourd que je découvrais comme s'il ne m'était rien. Mes enfants aussi comme extérieurs à moi, et pourtant mes enfants. Impossible.

Ne pas savoir quoi faire. Se jeter dans l'aventure, tout dire, la transparence et la destruction de tout ce qui était. Le tromper, les abandonner. Impossible.

Se priver de cet autre plus nécessaire à ma vie que le souffle même ? Croire un instant qu'on peut aimer deux fois en même temps, passer du lit de l'un aux bras de l'autre. Rêver à un partage. Elle avait cru ça possible.

2.

Il était en train de mourir derrière cette porte. Elle, elle était morte depuis si longtemps. Elle restait là assise sur cette chaise dans ce hall que glaçait la porte des urgences chaque fois qu'elle s'ouvrait sur des brancards. Personne ne lui jetait un regard. Elle s'en moquait. Elle se sentait pierre, les yeux fixés à ses deux mains posées sur ses genoux. C'était toujours ainsi désormais, comme si elle transportait partout avec elle le silence et l'invisibilité du placard. Le placard. Elle y avait trouvé tant de sérénité, tant de force dans sa faiblesse, tant de recueillement face au néant de toute vie, tant de détachement aussi, ni rancœur, ni regrets, ni rêve de recommencement, qu'elle traversait désormais la vie avec son apparence anodine de petite vieille dame vide aussi légère et insignifiante qu'une coquille de noix.

Il était en train de mourir derrière cette porte et elle scrutait en elle cette indifférence de minéral que l'approche de la mort n'arrivait pas à ébranler. Elle entrevoyait comme dans des lointains définitivement inaccessibles quelques échos de la passion qu'elle avait eue pour lui. Est-ce qu'on est encore soi après soixante ans de solitude et d'usure ? Pourtant je l'ai aimé d'un tel amour. Comme dans les livres. À en perdre le boire et le manger. À me damner pour lui.

Cette folie des corps quand on a vingt ans. Quand on a vingt ans, baiser comme ils disent aujourd'hui, à mon époque, ça n'avait pas de nom puisque c'était tabou, indécent, obscène, ce qui se passe dans la chambre à coucher et toutes les femmes se regardaient d'un air entendu comme si ça avait été pour toutes la même rengaine, comme si c'était une fatalité commune imposée à toutes avec d'infinies et infimes variantes certes mais toujours les mêmes écueils et les mêmes souffrances.

À vingt ans, il y a soixante ans, c'était comme aujourd'hui, la découverte de l'autre, baiser partout, sauf que c'était avec celui-là et pas un autre, celui permis par le mariage, celui que les parents avaient poussé entre vos bras, les parents, la famille, la société, celui-là et pas un autre, surtout pas d'autre, la grande honte, le choix des réprouvées, celles désormais exclues de la vie du monde, celles dont on ne prononçait plus le nom.

Mais cela excepté, ce n'était pas très différent, vingt ans. Baiser partout, pas dans un lit mais partout où le désir vous prend. L'autre, le corps de l'autre, c'est une guerre, une conquête qu'on mène avec ses mains, avec sa bouche, avec son sexe. On veut tout du corps de l'autre, le dévorer, l'absorber, se l'incorporer en l'insérant dans son ventre par ce coin de chair qu'il possède et qui lie deux corps dans un même élan, une même ruade, une même ruée dans le désir. Elle avait beau être là à attendre sa mort, elle se souvenait de ce qu'avait été ce désir de lui, si puissant, presque douloureux et cette naissance au plaisir partagé qui l'avait attachée à lui irrémédiablement.

Et puis cette chose lumineuse et irradiante ça devient faire l'amour. Faire l'amour comme on fait les lits, comme on fait la vaisselle, comme on fait les magasins. Peu à peu, l'acte perd de sa dorure, il devient rituel puis habituel, puis quelconque.

Et il y avait les grossesses, les fausses couches, les avortements, l'envers du désir pour les femmes qui le payaient au prix fort dans le monde de sa jeunesse, un monde sans contraception et où la procréation faisait loi. La grossesse, une affaire de femmes, les hommes de son époque ne se préoccupaient pas des suites, ça ma chère, c'est votre affaire, faites-le passer. Elle se souvenait même de son père qui racontait en riant que la femme de Tolstoï après huit enfants se jetait du haut de toutes les armoires de la maison pour perdre son dernier fœtus.

Après l'euphorie des débuts et deux enfants, elle avait commencé à se refuser. Désormais faire l'amour c'était avoir un enfant. Elle avait utilisé la méthode Ogino, l'abstinence et tout ça n'améliorait pas les rapports conjugaux. Elle avait essayé le truc de sa mère et avant elle probablement de sa grand-mère, tapisser le fond de son vagin d'un tampon de ouate ou de charpie, qu'elle retirait une fois l'acte consommé, en cachette, plus ou moins bien. Mais elle ne savait pas vraiment si ça marchait et c'était si loin des méthodes modernes, stérilet, pilule et maintenant puce électronique. Tout ça lui paraissait dérisoire, tant d'énergie dévouée à cette négation de ce qui était inévitablement appelé par le coït et tant d'angoisses, les calculs sans fin sur la durée des règles, les terreurs lorsqu'elle décomptait les jours de retard, l'impuissance, le désespoir chaque mois et le soulagement imbécile quand ça venait, ça venait.

La première fois qu'elle s'était interdite à lui, il avait été doux, suppliant ; accablée de caresses et bouleversée par son désir qui entraînait le sien, elle avait cédé. Et ça avait été le troisième. Alors elle s'était figée dans ses résolutions, ne plus le faire, c'était gagner un an ou deux sans enfants. Sous l'aiguillon du désir, il devenait brutal, il claquait les portes, il partait. Elle se souvenait de la première fois où, voulant la punir de son refus, il s'était masturbé à son côté, de ce bruit qui l'avait poursuivie ensuite durant toute sa vie, chaque fois qu'elle lui tournait le dos, ce bruit qui faisait claquer la peau du pénis contre son prépuce et son gland, son accélération, sa tension de tous les membres quand il avait éjaculé et sa satisfaction de l'humilier je n'ai pas besoin de toi pour ça, je ne t'ai pas attendue, si tu ne veux pas, je peux trouver mon plaisir ailleurs.

Elle ne desserrait pas les dents pendant ce temps, elle pleurait sans un bruit, bandant tous ses muscles pour maîtriser sa respiration de peur qu'un sanglot intempestif ne vienne accroître sa jouissance cruelle et longtemps après qu'il se fut endormi, vainqueur, elle restait là à ne pas savoir quelle faute elle avait commise. Qu'est-ce qui lui donnait le droit de prendre en elle son plaisir sans se soucier des suites, de l'enfant à venir, qu'est-ce qui l'autorisait à la laisser en charge du fruit à venir, comme si l'embryon conçu dans son ventre n'existait pas, comme s'il lui incombait à elle et à elle seule de faire place nette. Par n'importe quel moyen. Cela ne le concernait pas.

# *YY.2*

Je n'ai jamais parlé, Docteur, à qui et à quoi bon. Quand je suis revenue de Ravensbrück, je portais en moi tous les visages de celles qui y avaient laissé leur vie. Je suis arrivée sur un quai où on nous attendait avec des brancards, mais la Croix Rouge elle-même ne savait pas comment rendre à la vie ces cadavres ambulants que nous étions. Ne pas manger n'est-ce pas, j'avais vu tant de mes sœurs mourir de cette nourriture que les GI ou les Rouges croyant bien faire leur avaient offerte. Rester debout, rester debout même dans le train qui nous ramenait à la vie, rester debout, si tu t'assieds, tu es morte, le vieux conseil d'une ancienne à mon arrivée au camp.

Et sur le quai, personne, pas un des miens, ma mère on ne savait pas, mon père, plus de nouvelles. Et Jean, Jean perdu depuis trois ans. Jean le seul visage qui se dessinait en moi chaque fois que la mort rôdait. Il m'avait donné la force de faire partie des commandos qui défrichaient la forêt par moins vingt et moins trente, parce qu'il fallait marcher, bouger, faire fonctionner son corps dans ce monde de mort si on voulait survivre. Il m'avait empêchée de m'asseoir sur le bord de la route quand on nous avait déplacées de camp en camp et que les cadavres marquaient notre passage, il m'avait donné la force d'abandonner celles qui s'asseyaient pour toujours, trop lasses pour croire encore à l'embellie, celles-là même qui m'avaient donné leur soupe ou m'avait soignée au moment de l'épidémie de typhus. Jean, mon Jean.

Quand je suis entrée enfin dans l'Hôtel Lutétia où on m'avait conduite, quand je parlais à cet aspirant qui prenait en notes mon dossier, mes coordonnées, j'ai vu Jean, son visage, dans un reflet de la glace derrière le jeune homme. J'ai cru à un fantôme dans cette mauvaise image, j'ai cru que la folie avait attendu tout ce temps de douleur pour se déclarer enfin, mais les forces du désespoir sont plus puissantes encore que les forces de vie, j'ai couru, je ne pouvais pas crier, plus de voix, et au milieu de cette foule innombrable et bruyante, Jean comme aimanté par moi, ses yeux balayant la salle et me découvrant enfin, la perdue, la dévastée, si loin de l'image qu'il avait gardée et pourtant tellement celle qu'il avait toujours aimée. Comme un oiseau dans ses bras, si légère de tous les kilos perdus. Si lourde de toutes les souffrances endurées.

Il avait continué. J'avais été déportée mais il avait continué, complétant le réseau chaque fois qu'un de nous était tombé, planifiant les départs comme si ça avait été un organisateur de voyages et il y avait eu tant de gens pour l'aider, les cheminots, les montagnards, les écoles catholiques et les jeunesses communistes, même l'archevêque qui lui avait donné un bureau dans le presbytère de la cathédrale où il faisait des faux papiers.

C'est tout ça qui est là aujourd'hui une fois de plus, Docteur, c'est tous ces enfants qui m'attendent, les quelques-uns que j'ai sauvés et les centaines que Jean a fait passer. Et il faut que je les représente là-bas, ceux qui se sont sacrifiés pour que nous vivions, les huit petits gazés à leur arrivée à Auschwitz, les douze jeunes qui ont vécu leur dernière année de vie dans des camps de concentration. Il faut que je sois là auprès de ceux qui ont survécu, qui des années après ont appris par le Comité juif des déportés ce que nous avions fait et qui ont écrit, sont venus, d'Israël, d'Amérique, d'Italie, d'Allemagne et qui m'attendent, moi la seule qui suis restée debout.

Je suis un vestige vivant, Docteur, un être hors du temps, qui n'appartient pas à ce monde mais à l'autre. Je dois être là quand ils entonneront l'hymne d'Israël au moment où je planterai l'arbre du juste et quand ils poseront chacun sa pierre sur la stèle qui porte le nom de mes compagnons. Pour le réseau, ceux qui n'ont pas parlé, pour mon Jean qui a continué alors qu'il ne savait pas si j'étais morte ou vivante, qui a reformé le groupe, en comblant les vides, qui a continué coûte que coûte à sauver les enfants.

Donnez-moi ce qu'il faut pour que le corps tienne si vous avez peur de quelque chose mais je ne craquerai pas, il y a trop longtemps que je vis, je continuerai, je serai debout encore une fois quand on lira les noms des enfants que je n'ai pu protéger. Je serai debout encore une fois pour l'appel.

1.

Elle aurait pu partir et elle n'était pas partie. Elle avait tout vécu en esprit, elle avait embrassé d'un seul regard tout ce que la passion allait introduire dans sa vie. Les rencontres, la folie du cœur et des corps, cette soif inextinguible de l'autre qui vous pend à sa bouche comme si en être séparé tuait la vie. Mais aussi les mensonges, le partage entre l'harmonie familiale affichée et la réalité de l'interdit. Ni chez elle, ni chez lui, les hôtels, les lieux où ils ne risqueraient pas d'être reconnus, la dissimulation constante et les angoisses. Et elle savait que tôt ou tard tout se déglinguerait, que les absences, les silences et les mots même la trahiraient, qu'il faudrait vivre dans la dissonance avec l'irritation constante de tout ce qui sonnerait faux, et que ça finirait par transpirer, par sourdre comme le pus d'une mauvaise plaie, par se voir peut-être même sur son visage ou dans ses gestes. Impossible.

2.

Elle avait vécu seule, comme toutes les femmes de son temps, la part obscure de la sexualité, cette part honteuse et réservée aux femmes, la grossesse non voulue, intempestive, dont l'annonce fige d'un coup le visage du mari qui n'y voit qu'un embarras de plus, une contrainte, un obstacle aux projets de carrière, une raison de subir la famille comme un poids. Elle avait eu recours à des faiseuses d'anges, elle n'avait pas connu la loi Weil, mais par les réseaux de femmes, parce qu'elle s'y prenait tôt, elle avait traversé ces moments de détresse face à la naissance non voulue. Impossible à partager et pourtant toutes concernées, celles qui le faisaient et celles qui n'osaient pas.

Elle avait eu de la chance dans un certain sens : elle avait eu des enfants et elle en avait perdu comme toutes les femmes de son âge, grâce à d'autres femmes qui savaient les gestes ou les adresses et chaque fois elle s'était sentie abandonnée de son mari dans ces circonstances qu'il ne voulait pas connaître.

Elle était entrée dans des bouges, accompagnée d'une vague amie, elle avait subi sans crier l'aiguille à tricoter et le reste, et elle était arrivée à l'hôpital où on la laissait dans un coin, pissant le sang et se tordant de douleur parce qu'il faut bien qu'elle la sente passer, encore une qui a essayé de faire sauter l'enfant, elle ne coupe pas au curetage mais celui-là on le fera sans anesthésie, ordre du patron, ça, on va la racler et elle va le sentir passer, que ça lui serve de leçon. L'intervention, malgré la souffrance à vif, une libération.

Et puis il y avait eu le dernier.

3.

À l'origine de tout ça, la dérive, la défonce, il y avait eu le suprême mensonge de la vie, l'amour ressenti et partagé qui avait tout recréé comme si sa vie d'enfant gâtée s'abolissait devant l'autre, sa gravité souriante, ses yeux clairs, son attention tacite. L'illumination de cet homme un soir dans un hôtel. Croisé dans un couloir et le sentiment définitif que c'était lui. Jetés l'un vers l'autre irrémédiablement. Et se revoir, se revoir, comme si vivre l'un sans l'autre devenait intolérable. À chaque instant le seul horizon de ses yeux si clairs, pleins d'enfance, comme lavés par la pluie du soir. Ses paupières baissées sur le visage grave, se relevant quand on s'y attendait le moins et découvrant le regard rayonnant de fraîcheur tandis qu'une fossette se creusait près de la bouche aux dents trop larges. Si dur de se souvenir, si douloureuse la perte. Quel vertige. Mourir de penser à son absence quand il aurait pu être là dans la pièce aussi présent qu'autrefois. Inchangé.

Le retrouver au fil des jours après les conférences, les colloques, les exposés qu'exigeait sa tournée dans les pays occidentaux pour obtenir le financement des actions humanitaires qu'il menait et le suivre partout, partout, comme si plus rien n'existait en dehors de lui, sa seule famille, sa seule patrie. Lui, le soir, carré dans son fauteuil, les traits figés par la réflexion et la fatigue, les traits presque durs. Mais la mèche d'adolescent glissait et ombrait les angles de son visage et quand il relevait les yeux, une douceur épuisée d'être lui rendait son âge et brouillait un peu les traits si purs, un voile, ce quelque chose d'hésitant aux commissures des lèvres qu'elle s'attachait à effacer par une présence presque animale, à ses pieds. Juste être là près de lui. Le souvenir de ça : une épée au travers de son cœur.

2.

Et il y avait eu le dernier, celui qui était arrivé dans le pire moment, son chômage à lui, la vente de la maison, les autres enfants grands et autonomes désormais, le moment où il fallait renoncer à une vie et en commencer une autre marquée par l'échec et l'amertume. Et lui totalement absent, comme définitivement détaché de tout ce qui pouvait leur arriver. Elle avait plus de cinquante ans alors, le médecin disait qu'elle avait une chance sur dix mille d'être enceinte et c'était arrivé au moment où tout se défaisait comme un trait d'ironie de la vie.

Elle avait dû se charger seule des démarches et de l'acte. Ce n'était plus si atroce, une clinique, un gynécologue, la discrétion, le savoir-faire, et tout rentrerait dans l'ordre. Mais elle n'avait pas pu. Pourquoi c'est celui-là qu'elle n'avait pu surmonter ? Parce qu'il était trisomique ? Parce qu'elle l'avait abandonné ? Ou parce que son mari avait quitté son emploi ? Il avait organisé avec satisfaction son absence de revenus, il ne dépensait rien, il ne coûtait rien, eh bien ! il ne gagnerait plus rien, elle subviendrait aux charges du ménage, elle ne pouvait rien lui demander n'est-ce pas puisqu'il ne gagnait rien. Sans regret, sans culpabilité, sans tenir compte d'elle, il avait décidé de leur vie et l'avait vouée à l'assumer comme si c'était naturel, sa tâche à elle depuis toujours.

Pas de mots, pas d'échange, dès qu'elle lui parlait d'argent, il hurlait, qu'elle avait toujours été intéressée, qu'elle ne pensait qu'au fric, qu'elle n'avait qu'à le jeter à la rue, d'ailleurs il n'était plus rien, un rebut de la société, Qu'est-ce que tu veux ? Qu'est-ce que tu veux ? Tu veux que je me flingue, c'est ça ? Alors là c'est facile, il n'y a plus rien qui me retient, tu m'as toujours considéré comme un minable et tu fais tout pour me le faire sentir. Toi, toi, tu es fonctionnaire, tu auras une retraite, mais moi hein moi, qu'est-ce que j'aurai, même pas un tiers de ce que tu auras. Continue comme ça à me harceler et je finirai à la cloche ou je me foutrai en l'air.

Elle restait seule enfermée dans son désespoir, incapable d'accéder jusqu'à lui, d'expliquer, de raisonner, il hurlait et elle était prise de terreur devant cette violence sans recours.

3.

La façade du palais Ditto à Venise. Je sais qu'il est là et qu'il m'attend. Je me revois passant entre les colonnes torsadées sous les arcades arborescentes et le monde entier est doré de cette lumière propre à Venise, et je suis dans cette lumière, déambulant dans un tableau de Canaletto. Magique. Sa suite, je frappe et un valet me fait entrer. Il est de dos, au téléphone, à demi assis sur le bureau.

Ce vertige de sa présence, même quand il n'est pas tourné vers moi, même quand il ne me regarde pas. Une chemise d'été, un pantalon léger. Il passe la main dans ses cheveux tout en parlant avec volubilité. Je sais qu'il est beau dessous, le torse plat et dur, les muscles longs, pâle d'être resté trop longtemps dans des bureaux, lui qui aime vivre dans la brousse ou les déserts. Je sais l'élégance de ses articulations, ses pieds aussi beaux que ses mains, puissants, nerveux, les ongles étroits, les talons secs. J'ai fait un pas, il se tourne vers moi. Des yeux bleus comme de l'eau, presque argentins, bien plus clairs que le ciel et qui sourient.

Viens là. Je t'aime. Il a écarté le combiné pour m'attirer à lui. Je suis debout entre ses cuisses ouvertes. Il s'est remis à parler en italien. Je ne comprends pas mais j'ai mes yeux dans ses yeux, je suis heureuse. Nous avons décidé que c'est pour la vie, nous allons nous marier.

2.

Ne me demande pas ce que je ne peux pas te donner. Quand avait-il dit ça ? Elle ne savait plus très bien. Dix ans, neuf ans après leur mariage. Ils avaient déjà deux des enfants. Tout était dit. Il reprenait sa vie et elle n'était plus qu'un rouage qui devait fonctionner comme il l'entendait. Il se refermait sur ses ambitions, ses centres d'intérêt, ses activités auxquels elle ne participait pas.

Elle continuait à vivre autour de lui, tout ce qu'elle faisait se reliait à lui, n'avait de sens que par lui et cela l'agaçait, lui. Ça l'agaçait cette femme toujours occupée, bourdonnant de paroles et d'attentes, obstinée comme une abeille qui revient sans cesse à un fruit trop sucré. Il se secouait parfois comme s'il cherchait à se défaire du poids qu'elle constituait.

Elle restait habitée par l'amour de lui, jusque dans le quotidien, jusque dans les enfants. Tout pour lui. Obsédée. Il lui semblait que par amour elle pouvait lui donner le monde, lui ouvrir toutes les portes ; mais lui s'était installé à distance, il la regardait faire encore, en observateur, comme s'il n'était pas concerné.

Et cela avait été définitif. Il s'était éloigné de plus en plus, sans réaction malgré ses efforts et les années, les enfants, le travail avaient creusé un abîme entre eux. Jusqu'à ses déboires professionnels, cet enfant non attendu. Parfois ça rapproche les gens, ces coups de théâtre comme au cinéma. Mais cela n'avait rien changé.

Elle avait de moins en moins demandé. À lui. Aux autres. À la vie. Et elle avait appris à devenir de plus en plus immobile, vide de toute attente. Ils avaient vécu comme deux bêtes à l'étable, côte à côte, placides et sourds l'un à l'autre.

C'était fini. Il mourait mais ça ne la libérait pas pour autant de cette longue mort que la vie lui avait imposée.

1.

Elle avait renoncé à tout briser. Elle avait été lâche peut-être. Au contraire, elle s'était entièrement vouée aux siens, trouvant un vrai bonheur dans toutes ces choses, ces détails d'une vie, des chemises qu'on repasse même quand les jambes vous rentrent dans le corps, des enfants qu'on câline, qu'on entoure, les goûters, les dîners, les devoirs. Se dire que l'évidence c'était son mari, le choyer, l'aimer, lui sacrifier un romanesque de mauvais goût. Que réussir sur la déroute de deux familles ? Elle s'était interdite à l'autre qui s'était incliné. Elle n'avait même pas cédé une fois, considérant que céder en esprit était aussi grave qu'en acte et qu'elle était adultère en pensée. Elle avait craint pour les siens se sentant assez coupable dans ses désirs pour en être punie dans leurs vies même. Et elle avait trouvé le moyen de reprendre une vie familiale qui ignorât le moment de délire : la maison, trouver une maison, réaliser le vieux rêve.

Ils avaient cherché, tourné, fait les agences, les annonces et puis par hasard, un jour, en se promenant comme quand ils étaient jeunes, ils l'avaient trouvée. Ils s'étaient arrêtés, avaient parlé par-dessus une haie à un vieil homme souriant, il voulait vendre, avait perdu sa femme, il voulait rejoindre ses enfants, bien sûr la maison demandait des travaux, manquait un peu de confort, mais ils étaient jeunes et en s'y mettant. C'était arrivé comme ça, vendre l'appartement, trouver un crédit, s'installer, une affaire de jours.

3.

Ils avaient décidé de se marier. Tout était beau, tout était facile et c'était arrivé. Trop dur d'en parler. Même se souvenir. Impossible. Juste des visions. Un désordre proche de la folie mêlant étroitement les moments de bonheur à l'horreur. Pas ça, Pas ça. Plus jamais la vie après ça.

Plus jamais aimer par peur de ce déchirement, ce chaos qui avait suivi. Après ça, est-ce qu'elle avait été encore elle-même ? Ou une revenante, une survivante ? La façade, le masque oui, un corps, des vêtements précieux, des gestes élégants dans une société codifiée dont elle était un ornement. Mais au fond d'elle, le néant, le noir. Et boire pour vivre. Et pour mourir.

# *YZ. 1*

Se rend-elle compte de ce qu'elle me dit quand elle me demande des nouvelles de mon fils ? Il a grandi, il est devenu si beau. Sept ans déjà ? Comme ça doit être intéressant, il a l'air si éveillé. Il va à la grande école maintenant.

Ce crève-cœur, cette souffrance plus terrible que cet arc brûlant qui me tend tout le corps. Dans le grand blanc de l'hôpital toute ma vie prend des allures fantomatiques. Ma vie d'avant traverse mon néant présent en bulles fragiles privées de sens. À part cette infirmière qui me connaît moi et mon histoire, personne ne me voit, malgré mon brancard et mes perfusions comme si j'étais déjà effacée de l'humanité. Combien de chances de durer ? Combien de chances de survivre ? La chose au-delà du mot, une dépossession de tout mais d'abord de soi-même : est-ce encore une femme, cette dépouille sans cheveux et sans âge qui se redresse sur son oreiller par peur de choquer les gens présents par la défection de son corps ?

Vivre : un espoir diaphane, un rêve insoutenable comme tout ce qui n'est pas la lumière bleutée de la lampe chaque soir, la seule que son regard puisse encore soutenir.

Elle parle et je vois bouger ses lèvres mais je n'entends pas, je n'entends qu'une phrase qui brouille tout dans ma tête, je ne verrai pas grandir mon fils. Je ne le verrai pas. J'ai épuisé toutes mes forces contre cette chose qui me ronge, je suis devenue aussi frêle qu'un oiseau. Pire que cette souffrance de mon pauvre corps, la certitude que je vais mourir, que je vais partir, qu'il me faudra malgré moi laisser mon fils. Tout en moi s'est défait. Plus de forces, plus de couleurs, plus de sang. Je suis devenue cette chose blanche qu'on lui laisse à peine entrevoir parce qu'il ne faut pas fatiguer maman, parce que ça peut l'impressionner ce changement physique qu'il ne comprend pas. Tout en moi s'éteint et pourtant ça bout là, au fond. Une révolte, un refus.

Elle parle toujours. À travers mon cerveau embrumé, des mots à peine perçus. Il y a une fin à tout, même à la souffrance, il faut accepter de souffrir car on ne meurt pas toujours. Les opérations. Les séances de chimiothérapie. Les rayons. Les traitements nucléaires. Et maintenant les ponctions de cellules traitées et réinjectées pour détruire les métastases. Tout ce temps à subir. Comment s'accrocher encore ? Quel salut ? Quel salut ?

3.

Mal à la tête dans ce couloir où on attend, où on ne fait qu'attendre. Quand vais-je passer enfin devant un docteur ? Il faut attendre le chef de service puisque vous voulez éviter une hospitalisation. Mais il vaudrait mieux rester quelques jours en observation. Rien à la radio, bien sûr, mais le traumatisme peut être autre et apparaître cette nuit. Cette nuit. Rentrer chez moi. Ne plus entendre ce remuement de corps et de respirations. Ne plus revoir tout ça. Dormir. Dormir.

C'était Paris, l'appartement à décorer, les derniers préparatifs avant le mariage. Encore cette conférence à la Sorbonne et le voyage à Londres mais elle l'attendra dans cette villa sur le toit, place des Invalides, un vrai jardin suspendu et dessous la trouée de la Seine, les pelouses et le dôme du bâtiment majestueux, les quais, Paris, Paris offert au regard.

Pourquoi la radio qui interrompt sa musique sirupeuse ? Un flash d'informations.

Il part pour la Sorbonne toujours trop en avance, toujours trop consciencieux. Tu vas attendre, t'ennuyer, je regarderai les rues, les gens, je relirai mon discours. Elle est sur le pas de la porte. Il l'embrasse. Va-t'en je ne t'aime plus. Elle a eu tort de dire ça. Son pied contre la porte et avant toute parole, son bras autour d'elle, sa main qui arrache la chemise à la ceinture de la jupe. Qui cherche ses seins. La porte a claqué derrière lui. Qu'est-ce qu'elle sait encore ? Rien sinon ses doigts dans sa vulve, sa bouche qui l'aspire et inonde sa bouche de son désir.

Un flash spécial : un attentat vient d'avoir lieu à la station Saint-Michel.

Viens, viens, tu as raison, j'aurai trop de temps et on se sépare pour deux jours. Prends-le, prends-le. Défais la ceinture. Tes seins, tes seins. La soie de ton ventre. Elle attend l'irruption en elle de sa verge, tenon liant leur chair à chacun de leurs gestes. Un mouvement puissant et sous elle cette brûlure qui monte jusqu'à sa gorge. Soif. Il l'a adossée à la porte. Elle a ses jambes autour de sa taille. Elle est presque assise sur lui, le dos arc-bouté à la porte pour mieux recevoir sa poussée. Les baisers. Les baisers.

Une bombe vient d'exploser.

Elle le regarde dans l'amour. Beau, un masque de martyr, les mâchoires serrées. Est-ce qu'il se retient ? Elle le sent rouler en elle et elle écoute battre son sang. Elle triomphe, il a tout oublié de sa conférence, de son voyage, il n'y a qu'elle, qu'elle.

Le périmètre a été bouclé.

Alors un râle. Sourd. Et elle aussi. Le même souffle qui monte de leurs entrailles qui chantent. Grand flamboiement des paupières, le feu au ventre et le plaisir, ses soubresauts, sa pointe aiguë qu'on cherche pour mieux s'en déchirer longtemps. L'abandon, les muscles qui se défont. La tendresse des visages apaisés, le premier sourire, la sensation de bras et de jambes si emmêlés qu'ils en deviennent gênants pour leurs ventres soudés. Le sperme qui perle aux poils de son pubis dans le désordre des vêtements relevés, écartés et la surprise mal réveillée de cette illumination au coin d'une porte, au coin du monde qui les entoure et continue à bruire. Il la serre doucement contre le mur, la redresse un peu d'un mouvement du bassin, sa vulve à elle toujours nouée autour de son membre. Il pousse sa tête sous sa bouche. Elle mord ses lèvres.

Tous les secours convergent vers le lieu de la catastrophe. Il y a des morts et de nombreux blessés.

1.

Son mari, ses enfants. Elle avait trouvé une sorte d'exaltation dans ce sacrifice d'une vie qu'elle aurait pu vivre, dans l'interdiction de son désir, l'impossibilité du rêve. Elle se meurtrissait un peu plus chaque jour contre la passion refusée, elle y voyait une épreuve purifiante, un passage vers quelque chose de plus haut, comme en vivent les saints. Elle offrait chaque jour à la vie et aux siens la torture du sentiment interdit, la conscience douloureuse de cette présence invisible de l'autre avec qui elle parlait, avec qui elle faisait l'amour, obsédée par son visage, ses mains, son cou et c'était aussi fort que s'il avait été là. Chaque jour passé chez elle, dans sa vie d'avant, impliquait une résistance, rester, rester, ne pas partir. Refuser l'appel des sens. Mais toujours la lancinante envie de l'autre trouait le réel, la submergeait, en voiture, dans des réunions dont elle perdait le fil, avec ses enfants qu'elle ne voyait plus. Elle butait sur ce visage, ce regard de l'autre si vivant qu'elle lui parlait à haute voix quand elle était seule et qu'elle l'entendait.

2.

Il meurt et elle ne pleure pas. On devient vieux le jour où on pleure et où personne n'est là pour essuyer vos larmes, le jour où on pleure comme un petit enfant de toute la détresse du monde et où personne n'est là pour vous consoler. Elle s'était vue pleurer un jour, à gros sanglots, ces bouffées de larmes qui vous soulèvent, petit, et vous suffoquent. Là, n'importe où dans une poste, un magasin, le parking d'une grande surface, elle ne savait plus. Et tout à coup, elle avait compris qu'elle était vieille. Plus de mère. Plus de sœurs. Personne pour vous prendre contre soi tout simplement. Plus de bras pour vous tenir alors que tout lâche, tout lâche. Plus de seins contre lesquels baver sa peur. Plus rien. Elle avait su qu'elle était arrivée au dernier seuil.

Peut-être au dernier moment, la surprise des larmes, peut-être quand tout sera fini, des traînées de feu sur son visage desséché.

# *YZ. 2*

L'approche de la mort. Tout le temps là dans les malaises, la tétanie. Incapable à présent de marcher, sans force aux bras et aux jambes, un corps paralysé et la terreur qu'il doive encore se dégrader dans ce tarissement progressif de tout ce qui fait la vie, le mouvement, la vision, la sensation. Mon bras gauche ne réagit presque plus, ils ont beau me masser, des fourmis partout, l'engourdissement comme produit par une décharge électrique. Le lit, préfiguration de la tombe. M'y arracher, marcher, survivre, voir, vivre, aller, venir. Combien de chances de tirer mon corps de ce néant ?

Le cathéter, les perfusions. Combien de temps ? Mon fils, mon fils ! La crainte, toujours, pour lui. Et maintenant, lui faire défaut ! Se battre. Ils ont raison, se battre. Mais où se battre ? Mon corps comme champ de bataille et la mort droit devant. Plus rien qui obéit. Parfois l'extrême faiblesse. Survivre ! Comment survivre ?

L'hôpital : la laideur d'un monde inconnu et hostile qui abolit les pauvres repères du quotidien, efface les visages aimés, rend inutiles les livres trop lourds aux articulations, qui nie la parole, pour quoi faire sinon mentir ? Dans cet isolement sans cesse rompu par les norias des soignantes, des infirmières, des médecins, du grand patron et ses élèves qui investissent l'espace à heures fixes, elle soupire après la solitude de la bête blessée qui la soustrairait à ces regards. Dans leurs pupilles à tous agrandies par la pitié, la conscience de la fin, son angoisse insurmontable.

1.

Elle avait tout effacé, elle avait tout supporté. Elle avait recommencé sa vie avec son mari en essayant de remettre ses pas dans les traces anciennes, la piste de l'amour partagé. Elle avait cru recréer le passé avec cette maison à construire à deux. Son mari. Ses enfants. Elle avait vécu leurs vies avant la sienne, elle avait souffert de tout ce qui leur arrivait plus qu'eux-mêmes, sans que jamais ils se soucient d'elle. Elle avait cru à cette imposture, partager.

Partager quoi ? Ils ne faisaient même plus l'amour. Il la sautait n'importe où, n'importe quand, en rentrant du travail à midi parce que les enfants étaient à la cantine, dans la cuisine, au pied du lit. Par paresse souvent, il la prenait le matin vers cinq heures, de dos alors qu'elle dormait encore. Tout simplement parce qu'il bandait au réveil. Elle le sentait bouger à peine en elle, leurs deux corps l'un contre l'autre comme s'ils ne se mêlaient plus, comme si tout se résumait à ce va-et-vient automatique qui la spoliait de son désir, de son plaisir. Elle émergeait du sommeil pour y retomber sans avoir rien éprouvé. Ça avait été ça partager. Mais pas un mot, pas de geste de tendresse, une solitude sans rémission, une frustration incessante. Les tâches quotidiennes, l'usure du temps, l'incompréhension du silence. C'était ça le bonheur familial. Deux bêtes côte à côte devant leur mangeoire à ruminer chacune en soi des choses qu'on ne dira jamais. L'impression de jouer une mauvaise pièce, de ne jamais trouver le ton juste. Des répliques maladroites qui tombaient toujours à plat. Et elle se surprenait à répéter il faudra bien qu'un jour je me tranche les seins.

3.

Toujours ce bourdonnement : elle ne sait plus s'il est formé des paroles des patients dans le couloir ou s'il s'est installé dans sa tête comme aux moments de mauvaise fièvre.

Un flash d'information de dernière minute. Un attentat a eu lieu à la station Saint-Michel. Une bombe vient d'exploser. Le périmètre a été bouclé. Tous les secours convergent vers le lieu de la catastrophe : on dénombre des morts et des blessés. Un standard est à votre disposition au numéro...

Elle a su tout de suite, elle ne peut pas expliquer comment. Elle a su qu'il était mort quand elle a entendu la radio. Ou plutôt cela ne tenait pas de la conscience mais d'un instinct animal. L'heure à laquelle il avait quitté la Sorbonne pour prendre le RER vers Orly. Elle n'avait pas réfléchi, elle n'avait pas calculé. Elle l'a vu sur le quai juste avant que la bombe n'explose dans la rame qui arrivait. Sa veste claire jetée sur l'épaule, à la main son sac de voyage, elle a vu la boule de feu qui l'environna alors, elle l'a vu flamber comme une torche!

Cette jeune femme si frêle qui hurle comme une bête, se jette à terre, s'écrase contre les murs, c'est moi. Et dans ce couloir d'hôpital anonyme, les images tournent dans ma pauvre tête. Bien avant l'annonce par les amis, les parents, cette folie de perdre l'autre, cette certitude que parmi les morts se trouvait cet être unique, toute sa vie, plus que sa vie. Après, un brouillard. Des années à rester immobile, un corps qui continue à vivre.

Et boire, boire pour effacer tout ça.

1.

Pourquoi je ne suis pas partie avant que tout devienne invivable ? Pourquoi je ne suis pas partie ? Pourquoi, ce jour-là, pour ce coup de téléphone refusé, moi au milieu de la pièce à hurler sans pouvoir dire ? Prise à l'intérieur par tant de choses que je me suis sentie étouffée, broyée, écrasée par eux tous. Le seul moyen de survivre : hurler.

Pourquoi ce cri monstrueux qui débordait de moi au point qu'ils ont cru que je mourais ? Cri inextinguible, râle du fond des âges que leur inquiétude n'a pas tari. Ils sont restés là à me regarder, effrayés. Et moi aussi j'étais effrayée. Cette chose énorme qui roulait en moi, s'épanouissait hors de moi comme une fleur d'horreur et envahissait tout autour de moi. Un désir violent de les tuer par mon cri. La certitude que mon cri allait me mouvoir hors du monde, que cette force que je ne contrôlais plus allait m'anéantir.

Pourquoi alors ce visage dans mon cri ? Je la voyais non pas comme ce jour où je l'avais retrouvée derrière un guichet de la gare, dévastée déjà par trop de souffrances, l'enfant à charge, le mari parti, la maladie, et son pauvre sourire mais surtout ses cheveux courts, ça qui était terrible pour moi, ses cheveux courts et ma première parole quand elle avait eu fini de s'excuser de n'être plus elle, ta tresse, où est ta tresse. Mais je la voyais comme autrefois, riante et fraîche. Son nom, quel nom déjà ? Des joues de pêche veloutées par un duvet doré, ses lèvres pleines, naturellement roses, chair de grenade, le sourire généreux, les grands yeux verts un peu écarquillés et surtout sa tresse pesante, grosse comme un bras d'homme, descendant dans son dos jusqu'à mi-cuisses, somptueuse, battant paisiblement ses fesses au rythme de sa démarche de grande jeune fille en avance sur son âge. Jocelyne. Cette beauté impériale pour moi, toute petite dans mes douze ans, son port de danseuse et la supplication dans les vestiaires du cours de gymnastique défais ta tresse, ses dénégations c'était trop dur ensuite de la refaire, elle serait en retard et le professeur lui demanderait pourquoi elle traîne comme ça à se rhabiller. Mais l'éclat dans nos yeux de petites filles la faisait rougir de plaisir et elle la déliait, ondoyante d'or fondu. Ses cheveux prenaient possession de l'espace, un manteau soyeux qui couvrait son corps et ses vêtements et chaque fois la sensation d'accéder à quelque chose de magique et de sacré, cette beauté hors du monde qui faisait d'elle une princesse à nos yeux.

Jocelyne ! Pourquoi son visage dans mon hurlement ? Pourquoi sa beauté dévastée par la vie, ce visage de noyée entrevu derrière la glace d'un guichet plantés en moi comme un couteau bien avant que les débris de la verrière explosée ne m'entrent dans la chair ?

C'était d'elle qu'elle s'était sentie abandonnée. Elle continuait de hurler mais n'entendait plus son hurlement. Refuser la laideur, c'était simple : sortir de ce monde. Elle avait enjambé la fenêtre et en tombant, elle avait retrouvé le visage radieux de son enfance, la magie des cheveux de fée.

# *ZX. 1*

Ils sont là autour de moi, doux comme des anges, ils m'ont mis des perfusions et des tubes partout mais je sais que c'est trop tard. Des mois à refuser de manger, des jours à refuser de boire, des heures à ronger mes poignets comme on ronge ses ongles jusqu'à la chair, jusqu'à la douleur, jusqu'à la veine, jusqu'au sang. Ils m'approchent sans bruit, ils susurrent quand ils parlent, comme dans un sanctuaire et c'est moi la relique qu'ils entourent et que le hasard leur a donnée comme une abomination et une merveille à la fois. Un renard pris dans le piège est capable de ronger sa cheville et de s'infliger l'amputation pour retrouver sa liberté. Ils m'ont vendue, attachée, battue, séquestrée ; pouvais-je faire moins que le renard dans cette pièce sans fenêtre où je devais rester seule jour et nuit, sans crayon pour écrire, sans couverts pour manger, où ils avaient décidé de me faire vivre malgré moi pour me livrer à nouveau à l'homme qui m'avait achetée ? Pouvais-je faire moins que le renard qui dévore sa propre cuisse mais rejoint la forêt loin des hommes ? Mourir de faim et de soif, c'est long et difficile et je les entendais parler d'hospitalisation, de clinique, de nourrissage forcé, tout ce qui me rendrait à une vie dont ils avaient disposé. J'ai fait comme le renard prisonnier, je me suis donné la liberté avec ce que j'avais : moi. J'ai fouillé mes poignets de mes dents jusqu'à trouver la veine qui fait vivre et qui fait mourir. J'ai senti mon sang dans ma bouche comme une délivrance et je suis restée sur ce matelas à l'écouter couler de moi toute la nuit. Ils sont arrivés trop tard. J'entends les soignants se murmurer les uns aux autres que c'est trop tard. Qu'ils soient remerciés pour cette parole d'espoir, qu'ils soient bénis.

Je ne veux plus vivre et je sais que c'est pour bientôt. Je n'ai plus de corps, ce corps convoité, livré, profané. J'en ai fait ce que je voulais : je l'ai détruit après qu'ils m'aient tous détruite. Personne, je ne veux personne des miens auprès de moi. Les miens ! Des hypocrites, des dictateurs, des proxénètes. Ils l'ont compris, ces êtres en blanc autour de moi. Ils sont seuls à pouvoir entrer dans ma chambre, seuls à s'interroger sur mon histoire. Les autres ne diront rien ou ils diront que j'étais folle. Tant de mensonges. Je meurs de tous les mensonges qu'on m'a faits. Justice ! Justice pour moi et toutes les autres comme moi. Je sais que l'hôpital fera un dossier pour violence. Que l'enquête aille au bout de l'horreur et que tout soit dit à la face de tous.

2.

Finalement le destin des femmes si triste et si médiocre. Toutes le même : la solitude ou le mariage, les enfants. Au bout du compte l'exclusion. Celle enfermée dans la frustration par ses parents qui ne veulent pas la laisser vivre et qui lui imposent leur maladie, leur agonie : élégance et délicatesse précieuses vouées à n'être jamais douceur pour l'être aimé, et la raréfaction de la vie qui se résume aux bronchites, à l'obsession des vaccins et des visites médicales, à l'écoute d'une respiration difficile, à l'attente de la toux et de sa lente griffure. Ou alors le divorce qui laisse l'amertume tout dévaster, le métier qu'on a aimé passionnément mais qui devient importun, le mari pourtant parti mais qui revient pour finir une vie de chômeur. Payer pour lui, fatigué, lessivé ; payer pour le fils méprisant et brutal. Des femmes seules plantées au milieu d'un terrain vague.

Elle se surprenait à envier ces femmes sans destin, mortes à l'orée de la vie à dix-sept ou vingt ans, maladie ou accident, celles qu'on avait pleurées longtemps et dont le souvenir habitait encore les mémoires de leurs proches. La mort leur avait laissé un avenir vierge, plein de leurs rêves et de leurs désirs intacts. Barbara ou Claudine, les éternellement jeunes qui n'avaient pas eu à connaître le lent délitement d'elles-mêmes.

Elle, elle faisait partie des autres, celles qui regardaient sans broncher finir une vie qui n'avait plus de sens. Elles sont toutes là avec elle dans son attente de la fin.

1.

L'hôpital. Un terrain neutre. Il avait ça de bon l'hôpital qu'elle y était seule, seule au milieu de ces êtres sans visage qui s'occupaient d'elle et ne lui demandaient rien. Personne n'avait pu la suivre là où elle était allée et pour l'instant, personne ne pouvait l'approcher. Trop faible. Trop vulnérable. Les médecins et les soignants seulement. Une TS.[1] Surtout pour elle une pause. Juger sa vie passée,

1. TS : tentative de suicide.

regarder le futur. Vivre et non plus survivre. Qu'avait-elle fait d'autre durant toutes ces années que survivre ? Survivre entre exigences des uns et indifférence des autres. Ici ou là, des bribes de vie. Je n'en peux plus : le leitmotiv définitif. Et si maintenant elle disait je n'en veux plus, je ne veux plus de cette apparence lisse et sereine qui a mobilisé toute mon énergie pour ne pas crier, ne pas pleurer, ne pas dire. Qu'est-ce qu'ils avaient donc pour qu'elle leur ait donné ce droit de tout nier d'elle-même ? Un mari, ça se quitte et les enfants, ça suit. Elle était autonome : elle gagnait sa vie, elle pouvait gagner la leur. À force de craindre de leur faire mal, elle était arrivée à cette torture permanente et solitaire qui l'amenait à l'inconscience. Où était-elle ? Pendant tout ce temps avait-elle été seulement ? Elle s'était perdue. La seule pensée qui surnageait dans cette confusion c'était ce désir de noyée d'échapper au renoncement total. Elle ne serait pas de celles-là qui ont passé toute leur vie à mourir.

3.

Ce mur, elle l'avait attendu pendant des mois. Elle l'avait guetté. Savouré à l'avance. Elle avait calculé l'angle, la vitesse qu'il faudrait. Eh bien ! C'était raté ! Elle avait pourtant lancé la BM avant le virage et au dernier moment, le coup de volant qui devait faire boum. Elle avait vu le mur arriver sur elle à toute vitesse sans ciller. Plus rien. Enfin morte.

Et puis merde ! Qu'est-ce qu'ils ont tous après moi ? Il souriait comme un archange, l'interne au-dessus d'elle quand elle s'était réveillée. Tout content de lui dire qu'elle l'avait échappé belle, qu'elle sortait d'un accident terrible avec quelques contusions seulement, que c'était un miracle selon les sauveteurs vu l'état de la voiture. Il avait fallu retrouver ce corps meurtri, prolongé de tubulures imbéciles qui la rendaient à une vie qu'elle ne voulait pas. Ils étaient fiers d'eux tous ces idiots, comme s'ils l'avaient sauvée ! Bien retapée, hein ? Presque neuve ! Mieux que sa voiture.

Tu parles ! Tout ça pour quoi ? Elle allait retrouver un amant de passage qu'elle appellerait dans l'amour d'un autre nom que le sien et elle chercherait à nouveau la seule chaleur qu'elle connaisse, celle qui l'avait aidée à mourir, l'alcool.

Elle recommencerait bien sûr. Mourir avant de devenir un débris inconscient au milieu de ses ordures car elle, elle n'aurait personne pour l'en tirer, pour la laver et la rendre à un semblant de vie.

Avec les années, l'urgence s'imposait. Mourir pendant que je suis encore debout et que je peux encore le faire de ma liberté. Mourir entière avant d'être devenue une épave incapable de le faire.

2.

Dans la laideur de l'hôpital et l'attente qui se prolonge, enfermée dans son immobilité minérale, pourquoi pense-t-elle à la beauté du monde ? Les panaches des palmiers à contre-jour sur un ciel irisé de juin.

Pour toujours extérieure. Pour toujours exclue. La vie, ça n'était pas pour elle. Elle s'était toujours sentie restée là sur le bord. Le bord de quoi ? Elle ne savait pas vraiment. Trop de ratages. Trop de regrets. Des pierres, toujours plus de pierres à porter. Et là, dans cette chose qui finissait, où était-elle ? Absente, une fois de plus. Invisible à ceux qui passaient, affairés, pleins de sens, habités par la vie des autres, par leur propre vie.

Elle était là comme dans son placard, emmurée vive, inaccessible au monde qui lui devenait en retour inaccessible aussi. Pas de parole possible. Laquelle d'ailleurs lui aurait permis d'exister ? Les mots qu'elle aurait dû prononcer, ceux de l'inquiétude, du désarroi devant la mort de l'autre, ceux attendus et sanctionnés par la société ne venaient pas, ne viendraient pas. Indicibles. Dissous dans toutes les autres paroles, celles qu'elle avait criées au silence, toutes celles qui n'avaient jamais été reçues. Interdites. Inédites. Et maintenant, face à l'irrémédiable, elle, la niée de toujours, elle n'avait plus de mots. Rien à dire. Au fond d'elle, aussi loin qu'elle pouvait descendre, rien. Ni écho, ni réponse. Le silence du placard, dense, définitif. À jamais, pas les mots pour dire. Rien dire. Car tout, toujours, au-delà des mots. Plus puissante que toutes les paroles, la souffrance physique qui réduit la cage thoracique, obscurcit la vision, rend chaque étape du vivre si difficile : toute respiration, toute déglutition, toute miction, comme autant de douleurs insurmontables, d'angoisses imposées.

Et tout ça pour ça. Ce désastre. Lui inconscient après avoir été impotent, entrant déjà mort dans la mort. Elle, sur le rivage des vivants, pierre parmi les pierres, réduite à ce silence volontaire plus fort désormais qu'elle-même. Sa seule signification.

## *ZX. 2*

Comment n'avoir pas compris que cet anniversaire où tant de monde était convié, le ban et l'arrière-ban, tous les cousins, tous les alliés, n'était qu'un piège ? Une lycéenne de dix-sept ans, qui veut devenir médecin, qui est née en France et y a passé toute sa vie... Comment comprendre qu'on l'avait déjà accordée à cet homme, bien plus âgé qu'elle, qui faisait des cadeaux et avec qui on baissait la voix chaque fois qu'elle rentrait à la maison ! Une vie française. Une vie française.

Je suis cette fille qui s'est trouvée mariée sans l'avoir voulu, couchée en grande pompe dans un lit préparé par les mères au milieu d'une pièce et qu'on a laissée seule avec cet homme qu'elle ne connaissait pas. Je suis cette fille qui n'a pas compris quand il a voulu la prendre et qui s'est échappée à demi-nue ; celle que sa mère, ses tantes, ses sœurs ont attachée par des cordelettes aux quatre coins du lit, offerte ; celle qu'elles ont bâillonnée avec des draps pour qu'elle ne puisse se refuser ; celle qu'on a laissée dans le noir complet après avoir dévissé et emporté l'ampoule pour que s'accomplisse ce que les familles avaient décidé. Je suis la fille qu'un homme qui croyait être son mari a forcée toute la nuit, trop fou de désir pour comprendre que tout ce qu'il assouvissait sur cette chair écartelée était un viol légalisé par les familles. Je suis ce corps vierge qu'il a exploré, honoré, adoré, où il a partout laissé sa trace sans comprendre qu'il était livré, esclave, à ses efforts.

Quand comblé de plaisirs, brisé de gratitude, il est remonté vers ma bouche pour y trouver le baiser partagé, quand il a cherché mes bras pour s'y blottir de tendresse, sa bouche a buté sur le bâillon, ses mains en tâtonnant ont découvert les liens. Il a cherché la lumière en criant et dans le vacillement d'une lampe apportée par les femmes, il m'a vue entravée aux quatre coins du lit comme une bête de boucherie éventrée et il s'est mis à pleurer.

Pendant des jours, à mon chevet, ses larmes et la demande de pardon et la haine pour les parents de m'avoir livrée ainsi. Il voulait l'aimer, il voulait être aimé d'elle, il restait au bord du lit où elle se laissait mourir, sans oser la toucher, sans parler, comme on veille un mourant. Elle était restée là, les yeux fixés au plafond, hagarde, attendant la mort, s'impatientant de sa lenteur. Elle lui avait accordé son pardon pour qu'il parte, elle ne supportait plus de le voir. Les blouses blanches autour d'elle. La lumière. Le murmure des voix. Incroyable ! Comment cela est-il encore possible de nos jours ? elle est perdue, elle est perdue, et on ne peut rien faire, ils l'ont amenée trop tard ; pauvre enfant, pauvre enfant, c'est révoltant.

Elle bénit l'hôpital où elle va mourir et qui ne la rendra pas à la laideur des autres, à ceux qu'elle aimait et qui l'ont vendue, prostituée, forts de leur droit, de leur foi, de leur tradition. Même les mères. Même les sœurs. Plus coupables encore puisqu'elles ont vécu ça et l'ont désignée pour le vivre à son tour.

1.

Elle ne pouvait plus supporter cette vie en trompe-l'œil, cette devanture faussement riante derrière laquelle elle s'agitait pour mouvoir les rouages du couple uni, de la famille idéale. Un théâtre de marionnettes dont elle tirait toutes les ficelles, dont elle faisait toutes les voix. Et surtout elle ne pouvait plus supporter sa veulerie face à sa mère : malgré sa haine proclamée, dite et redite, il allait la voir tous les jours à l'hôpital. Mais il l'aimait ce con, il l'aimait comme une vieille maîtresse, un enfant adultérin, une sale tare. Alors quand il avait commencé à se poser en héros, quand il avait voulu se faire plaindre, jouer à celui qui y va quand même, le bon fils, le bon samaritain, quand il avait commencé à raconter devant les amis pour se mettre en valeur...

C'est pour ça aussi qu'elle s'était jetée dans la verrière : passer de l'autre côté, définitivement. Tout ce sang, tout ce sang. Le soulagement d'être enfin seule. Ne plus penser ne pas faire ça sinon il va gueuler, ne plus le dire non plus à ses enfants. Ne plus se taire par peur des mots qui frappent. Libre.

2.

Les autres. Ils parlent sur vous, sur votre vie, ils donnent des conseils mais qu'est-ce qu'ils savent vraiment ? Ils disent l'amour, tant qu'il y a l'amour. Quel amour ? Ce flot qui avait irrigué les siens, pendant tant d'années, avait toujours coulé à perte. Sans retour. Les fleuves ne remontent pas à la source. Elle restait là, un lit de torrent définitivement à sec.

Elle ne regardait plus les photos. Pourquoi faire ? Celles de ses parents lui montraient des inconnus dont elle avait oublié le visage. Ils la mettaient mal à l'aise. Elle avait l'impression qu'ils appartenaient à une vie qui n'était pas la sienne. Le pire, la jeune femme lisse au regard clair, qui c'était déjà ? Pas elle ! Pas elle ! Son elle d'aujourd'hui, un désert. Parfois un objet anodin resté là, une brosse en argent sur la tablette, un déshabillé précieux au fond d'une armoire, lui rendait cet être qu'elle n'était plus depuis si longtemps et elle croyait retrouver une sœur morte très jeune dont les traits, le corps revenaient du néant et c'était drôle de savoir, rien qu'un instant, que ce corps ça avait été elle, ce sourire, ce ventre plat, cette chair ferme. Elle, squelette, haillons vivants pendant sur des os raidis. Comment cette chair ronde et douce avait-elle pu être la sienne ? Il lui semblait que de tout temps elle était cette vieille femme invisible qui ne conservait rien de sa beauté passée dans son regard éteint. Elle restait là devant cette laideur de la vie face à laquelle il valait mieux être déjà morte.

3.

Elle avait survécu : la mort ne se donne pas à qui la veut. La vie non plus. L'alcool était toujours là pour effacer les souvenirs. Mais il y avait eu cet homme, l'autre, le deuxième qui l'avait un moment emportée dans son rêve. Il l'aimait, il se croyait assez fort : l'aimer pour deux, l'accompagner dans ses dérives, la sauver de ses démons. Elle s'était laissé faire, elle avait accepté de revivre, de faire des projets d'avenir, d'y croire avec toujours pourtant au fond de sa mémoire la peur que tout se brise comme la première fois. Elle pensait que ce serait plus facile car elle ne l'aimait pas d'amour. De la tendresse, une complicité, un partage qui lui laissaient une impression de paix retrouvée. Elle y avait cru. Elle lui donnait ses blessures, son incapacité à vivre complètement, comme celle qui n'a plus ses jambes ou qui a perdu un bras abandonne sa faiblesse à celui qui la porte : elle se savait amputée d'une part d'elle-même, mais elle faisait contre mauvaise fortune bon cœur, elle se forçait à l'accompagner dans ses plaisirs, ses curiosités. Et c'était une façon de reprendre place dans la vie, de sortir de ses cauchemars et de ses terreurs. Ça aurait pu fonctionner : lui, il avait tant de choses à donner et celle qu'il avait choisie en connaissance de cause, c'était elle, la brisée, la détruite, avec ses délires et ses excès et son poids de souffrance toujours prêt à sauter au visage des autres. Il l'avait aimée comme on aime un chat au bord de la mort, torturé par des enfants abjects, il l'avait convaincue qu'elle pouvait, avec des aides, des soutiens spécialisés, avec lui, avec son amour, reprendre une vie, qu'on n'effacerait jamais l'autre vie, mais qu'il était possible de la côtoyer sans la trahir, d'apprivoiser la perte, cette mutilation.

Mais il y avait eu l'acharnement du sort, ce non-enfant, cet envers d'enfant, cette chair proliférante, issue de son ventre et qui portait la mort. Après le cancer de ses parents il y avait eu le sien. La grosseur, la tumeur, cet agrégat de cellules malignes qui se développaient dans son corps devenu une chose étrangère à sa volonté. Elle avait revécu la longue alternance d'espoirs et de peurs, les rémissions, les traitements, les crises, comme les avait vécus sa mère. Les médecins avaient encore une fois prononcé leurs paroles savantes. Elle n'avait compris que ça : il fallait tailler dans la chair. Tailler dans de la chair à elle. Presque le poids d'un enfant, l'espoir d'un enfant qui était le poids de la mort. Tout ce qu'elle avait été capable de faire, des kilos de chair à cancer. Le seul enfant de sa vie.

Alors il avait fallu être seule pour affronter ça. Pas possible de le vivre à deux.

Il avait fallu entrer dans la maladie comme on entre en religion, en se dépouillant de ses parures d'abord : à l'hôpital, plus de bijoux, plus de vêtements, cette demi-blouse ouverte dans le dos qui vous fait appartenir au bagne de la douleur. De ses cheveux : quand ils avaient commencé à tomber, elle s'était rasée, et elle avait trouvé un visage qu'elle ne connaissait pas ; sans maquillage, sans apprêt, un visage de bonze dénudé pour la mort. De la chair : plus de place pour les rondeurs, un corps réduit à l'essentiel, ascétique, entré dans la sainteté de l'acceptation à tout. Tout entière fondue dans l'humilité devant la science, l'obéissance à ceux qui savaient et pour lesquels elle avait retrouvé l'adoration de l'enfance, la confiance absolue, la certitude de la foi. Le fanatisme du martyr.

Ça avait marché, elle en était sortie dépouillée d'elle-même, avec un désir forcené de vivre la vie comme on court une course. Tout, tout, les vêtements, les bijoux pour la sensualité, le corps, le corps pour l'amour et le délire de l'alcool pour la joie et la liberté. Seule désormais.

2.

Pauvre femme, pauvre femme ! Elle est accroupie devant moi dans sa blouse blanche, si jeune, le visage si net avec ses cheveux tirés en arrière. Elle répète ces mots en me prenant les mains, pauvre femme, pauvre femme. Avec toute la pitié du monde. Elle me dit des choses douces que je n'entends pas. C'est trop tard, trop tard. Je voudrais lui parler, elle tient mes mains avec tant de douceur, son joli sourire est si triste, je voudrais lui parler. Mais rien ne vient.

Elle ne s'était pas aperçue du tarissement des mots. Il y avait eu d'abord les enfants, tant de mots pour eux, tant de mots, je vous parle les enfants, les enfants, vous m'entendez ? Puis il y avait eu les chats qu'est-ce qu'il dit ma beauté, mon minou, mon doucet. Tous ces mots, ça faisait danser la vie. Et puis elle s'était parlé à elle-même, tu comprends ça ne peut pas aller ça, tu dois faire autrement, c'est agaçant, c'est agaçant. Et puis plus rien. Ça avait été comme le long figement de la lave, la pétrification du magma des mots, liquide, puis visqueux, puis durci sans recours. Elle était restée paralysée par tous ces mots qui ne trouvaient plus d'issue. Elle avait quand même continué à s'affairer, sans les mots. Et puis tout s'était rétréci à l'aune du placard, un raidissement de tout l'être au fond duquel tout mouvement faisait douleur.

Et elle était là. Aphasique devant cette jeune femme lumineuse qui lui prodiguait son temps et des paroles de réconfort. Incapable de parler. Elle pensait : elle prend mon silence pour de l'accablement. Mais ce n'est pas ça, ce n'est pas ça. Je voudrais la remercier, lui expliquer. Mais comment dire l'immense lassitude devant ce qui finit. Je voudrais répondre par autre chose que le serrement convulsif de mes mains sur les siennes. Mais je ne sais plus, je ne sais plus.

Elle me parle toujours, des larmes sont montées à ses yeux, ultime partage. Je la regarde et je pleure.

# *ZY*

Ils ont tout dit sur Madame la chef de cabinet du ministre, son efficacité, son élégance, cet habile mélange de modernité et de passé dans la longue silhouette de la femme active et ce visage de grande dame qui l'apparente au siècle de Louis XIV. Une carnation sortie tout droit des tableaux de Mme Vigée-Lebrun, un regard embrumé de bleu qui passe au-dessus des têtes, une gravité de bon goût sans rien de rechigné au bord des lèvres, roses et délicatement ourlées. Une beauté d'un autre temps mais un savoir-faire et une force de travail de PDG de notre époque. Ils ont tout dit sur la femme et son mystère, son divorce feutré et les enfants partagés. Sa fille, sa maladie, ses opérations. Une mère admirable au chevet de son enfant. Une mère sublime de dignité derrière le cercueil de sa fille.

Et je n'en peux plus de tout ça. Je n'en peux plus de lui avoir tenu la main à chaque opération en lui disant que c'était la dernière, de ces moments de retour à la vie où elle allait à l'école comme toutes les petites filles de son âge, où elle recevait ses camarades, où elle recommençait à faire des projets tandis que je m'abîmais de travail pour éviter de penser à la prochaine échéance que je savais inéluctable.

Des photos, dans tous les journaux, des photos. L'élégance de Madame la chef de cabinet du ministre tout en noir derrière son bureau, le visage affiné par la souffrance, d'une beauté immatérielle, d'une beauté lavée de larmes. *Mater dolorosa*. Certains sont allés jusqu'à se déguiser en médecins et infirmiers pour avoir la photo de la morgue, la photo de ma fille sur son lit de mort. La photo de cette femme effondrée sur un corps menu, femme sans visage, sans forme, sans être, écrasée par le poids d'un enfant dont il fallait se défaire.

Les médicaments et le travail. Assez de médicaments pour pouvoir dormir du sommeil de la brute quand je rentre du ministère. Assez de travail pour ne penser à rien de ce qui vient de finir, pour étouffer les souvenirs, pour devenir aveugle aux images, sourde au son de sa voix qui habite encore ma mémoire. Un robot, devenir un robot. Toutes ces années de travail ardu et incessant : une ascèse qui me permet de vivre aujourd'hui au-dessus de ma douleur et de la laisser là en moi, entreposée au fond de moi, vivante et drue, patiente et sûre d'elle. En attendant le moment où je pourrai l'affronter, où je pourrai m'y consacrer tout entière. Pour l'instant faire les gestes de la vie, tous ceux appris et répétés dans un univers où n'existent que les chiffres, les luttes de pouvoir, les compétences indiscutables, les alliances tacites. Pour l'instant, manger des pilules pour ne pas entrer dans la mort. Mais irréductible, la longue déploration d'Andromaque au moment de jeter son enfant dans le brasier de Troie vaincue *O néon hupankalisma mètri philtaton, ô crotos hèdu pneuma*.... Les médicaments pour arrêter les vers d'Euripide qu'elle croyait avoir oubliés à jamais. Ô jeune enfant chéri que ta mère serre dans son étreinte, ô peau si douce à respirer ; c'est pour rien que ce sein t'a nourri quand tu étais encore dans les langes...

1.

C'est fini. Fini. Je l'ai fait. Je n'aurai pas à accepter qu'à cinquante ans tu me fasses trembler comme un saule parce qu'il y aura eu une infime tension dans ta voix. Je n'aurai pas à porter vers toi l'objet que tu n'auras pas eu la patience d'aller chercher. Je n'irai jamais ramasser la salière que dans ta colère tu auras jetée dans le jardin. Ce sang, le mien, que j'ai éclaboussé partout en brisant la verrière, il est désormais entre nous, une barrière plus forte que nos volontés. C'est fini, j'ai fait le geste qui me met désormais au-delà, je suis déjà partie. Je pars pour un lieu où il n'y aura pas, où il n'y aura plus un homme qui attend sa chemise, sa chemise que je dois, moi, repasser pour qu'il puisse s'habiller. Je pars pour un lieu que je ne connais pas mais où je serai enfin à l'abri de ton silence, à l'abri des paroles et des gestes qui ont paralysé ma vie.

3.

Les hommes. Quand elles ont eu dans leur vie un père, un frère, un mari, un amant, un fils, les femmes n'ont plus besoin d'une définition de l'enfer. Aimer, c'est souffrir, accepter la raréfaction de son espace vital parfois jusqu'au néant, le gaspillage du temps jusqu'à l'asphyxie. Et ça, c'est encore un moindre mal. Mais tous les jours, les battues, les violées, les assassinées et généralement par ce qu'elles ont de plus proche et de plus cher !

Les femmes. Des objets, des possessions, des repères dans la vie des hommes ? Ou des pierres, juste des pierres qui marquent des heures, des jours, des périodes connus d'eux seuls. Parfois rochers, monolithes, promontoires auxquels ils s'arriment : elles restent un havre dont ils s'éloignent, jetés par leurs désirs dans le courant de la vie mais vers lequel ils se tractent de toutes leurs forces quand ils risquent d'être engloutis. D'autres sont du sable entre leurs doigts ; elles glissent comme de l'eau contre leur peau, fugaces, sans retour. Elle, elle s'était de tout temps sentie galet, matériau venu de nulle part, charrié par les mers profondes, roulé sans cesse dans le ressac, donné et repris à ceux qui avaient tenté de le ramasser.

2.

Elle est là à genoux devant moi. Elle répète, c'est fini, c'est fini. En mourant il a dit... Qu'est-ce qu'il a dit ? Un mot qui ne veut rien dire, un nom bizarre, un nom d'animal peut-être. Quel nom d'animal ? Un nom de chat, Mitzou... Mitzie. Elle me regarde, elle ne comprend pas, elle répète Mitzie, c'est ça. Mitzie. Elle attend, elle attend que je lui dise qui c'est. C'est quoi Mitzie ?

Je ne peux pas lui répondre. Lui dire que Mitzie, c'est moi, la moi d'avant, que c'est le nom de celle qui avait un nom, il y a bien longtemps. Il est mort en l'appelant, l'autre, celle des débuts. Il s'est souvenu.

1.

Comment ai-je pu croire que la vie d'une femme devait être cette dévotion aveugle à son mari, à ses enfants ? Comment ai-je pu croire que j'arriverais à concilier ma liberté et leur bonheur en renonçant progressivement à penser par moi-même, à distinguer leur caprice de leur besoin, à exister en dehors d'eux ? J'ai tout subordonné à leur volonté ou à leur bien-être, même mes choix professionnels, même ma réussite sociale. Au nom de quoi ai-je abdiqué mes droits ? Chaque fois que je disais je, c'était faux ou idiot. Toujours non-recevable. Toutes tes phrases commençaient par mais non !

Qu'est-ce que tu as donc qui t'autorise depuis toujours à imposer ta raison à mes émotions ? Qu'est-ce qui t'a donné le droit de nier ma parole chaque fois que j'ai tenté de l'exprimer ? Parce que tu es un homme ? Que tu as ce petit bout de chair qui pend entre tes jambes ? Ce lambeau d'humain qui nourrit les dissertations des psychanalystes. Ce petit bout d'être dont les femmes sont privées. Privées ! Privées ! En lieu et place de votre virilité qui n'est qu'un appendice, un prolongement ridicule parce que vous en êtes si fiers quand il fonctionne, si humiliés quand il reste coi, nous, nous possédons cette fente, ce passage, frontière absolue entre le visible et l'obscur.

Car nous sommes d'abord cela, cette bouche verticale semblable au cratère d'un volcan. Sombre en dehors et rouge en dedans. Rouge comme l'enfer, rouge comme le velours des bordels. Sombre comme le sang des menstrues. La vulve, le repli, le sein, le giron, le monde du dedans où vous les hommes avez si peur de vous perdre, continent encore mal connu auquel vous avez donné des noms, vagin, clitoris, utérus, géographie illusoire d'un univers que même la médecine n'a pas fini d'explorer. La féminité, autre monde de l'autre monde. Un tabou qui nourrit les fantasmes des hommes, les fascine et leur fait si peur que pour certains le front ou la nuque d'une femme sont aussi provocateurs qu'un pubis. Monde faussement asservi par la religion, la société, monde de l'instinct, qui nous fait proches de l'animal, fidèles de cette fidélité du ventre qui ne se dément pas, obstinées à croire à la bonté de l'autre, affichant le contentement jusque dans la douleur, acharnées à vivre, même quand vivre c'est recevoir des coups. Les femmes et la pulsion de vie qui affirme toujours que demain tout ira bien, leur foi dans des signes dérisoires : une chanson qui suffit à leur rendre l'espoir, un regard, un sourire, qui les rend au plaisir d'être. Un enfant, une conversation, un objet. Des trésors à la fois infimes et démesurés.

Nous sommes le peuple de la fente, peuple rallié à elle : pas une démarcation entre le connu et l'obscur, pas une limite entre masculin et féminin, mais le passage vers la matrice universelle, la seule vérité pour tous. À la jointure du bassin et des jambes si clairement dessinés, la fente et son mystère sous le duvet pubien : aboutissement de la main qui caresse le torse, de la bouche qui s'attarde au creux des cuisses, point central autour duquel se construit et s'équilibre le corps féminin, port où viennent échouer tous les combats et où s'abolissent toutes les tensions, puits sans fond où vient se perdre le désir, où se conquiert le plaisir. Mystère rémanent au-delà de toute possession.

Toutes les femmes portent au creux d'elles-mêmes cet univers intérieur et sa complexe alchimie qui distille l'harmonie du couple, fond au creuset de chair l'enfant à venir. Et c'est ça notre force, notre irréductible pouvoir de vivre : la conscience de porter en nous les origines de tout. La conscience d'être la vie.

Désormais je te défie : tu peux faire tout ce que tu veux, si tu ne me tues pas, je veux dire physiquement, je survivrai. À tout. Si tu ne me tues pas méthodiquement, soigneusement, comme on écrase d'un pied rageur un insecte, je me relèverai de chaque coup, animée par cette hydre invisible qui irradie mon corps et me rend invincible.

3.

Je n'ai rien. Je peux rentrer. Du repos, beaucoup de repos. On a téléphoné chez moi pour qu'on vienne me prendre. Je suis rendue à la vie. Je me sens comme une plage abandonnée par la mer le jour de l'équinoxe de printemps.

Le sable à l'infini, la mer si loin et partout des épaves. L'affleurement de tout ce qu'on ne voit pas d'habitude. C'est laid. Mêlés au varech et aux longues algues brunes, des bouteilles de plastique, des débris métalliques. Au-delà du sable, la vase qui adhère au pied, alourdit la marche et dont on s'arrache dans un bruit de succion désagréable. Comme dans la ria quand il fallait, les jours de fin d'été, aller jusqu'au chenal pour y tirer le dériveur laissé à sec par la marée. Dès que c'était possible, dès qu'il y avait cinquante centimètres d'eau, je préférais nager pour échapper à tous ces organismes minuscules et gluants que je croyais sentir courir sur ma peau.

Moi aujourd'hui dans cette salle d'attente où on va venir me chercher. Sur le sable de ma vie, mes échecs, mes ratages, des débris, des débris, et ce corps naufragé, la faiblesse des muscles engourdis. Mal, tout fait mal, même être là fait mal.

# ZZ

Difficile à expliquer. Après quinze ans de mariage et deux enfants. Comment dire ce que je veux ? Comment expliquer ce qui s'est passé, cette découverte de l'autre qui s'est faite au-delà de l'homme, ailleurs des codes et des règles ? De toute façon il ne peut pas comprendre car il est d'abord humilié, atteint dans sa virilité totalitaire qui refuse, brocarde, avilit quelque chose qu'il ne peut pas concevoir. Le quitter pour un autre homme, déjà, c'était inimaginable ; il est si content de lui, si fier de sa femme, la considérant depuis toujours, comme un prolongement de sa chair, de son territoire. Annexée. Soumise et accordée à son désir depuis l'origine. Comprise dans sa vision de la vie, du couple, de la famille, comme scellée en lui à jamais.

Et voilà qu'elle le quitte pour une femme. L'impensable. L'infamie. Il faut se découvrir des goûts pervers pour préférer l'homosexualité féminine au mariage. Qu'est-ce qu'il sait de l'homosexualité féminine ? Et d'ailleurs qu'est-ce que c'est que l'homosexualité féminine. Elle, elle parle d'amour tout simplement, de confiance, d'être bien à deux partout ensemble, ce qui n'existait pas avec lui. De partage, de douceur, de respect réciproque, d'écoute, de décisions librement discutées et assumées. Est-ce qu'il pourrait comprendre seulement que toute sa vie avec lui était une suite de diktats, de pressions auxquelles elle cédait par lassitude, de silences qu'il n'entendait pas, de protestations qu'il anéantissait en élevant la voix ? En plus pour lui, l'amour entre femmes c'est dégoûtant, deux femmes qui baisent ensemble, d'ailleurs il se demande bien comment c'est possible. Comment lui expliquer que c'est l'autre amour qui la dégoûte, ce désir à sens unique qui permet à l'homme de forcer la femme, qu'elle le veuille ou non. Cette saisie brutale, cette pénétration qui reste un viol même consenti, cette jouissance qui révulse tout l'être et vous met au bord de la nausée, cet étau du corps de l'autre qui se referme sur vous comme un piège où vous ruez sans trop démêler si ce sont les mouvements de l'excitation ou ceux de la fuite. Ce terme horrible, la possession.

Tenir. Il faut tenir contre ses arguments, la fausse douceur comme les insultes. Faire face, tenir tête à la famille, aux amis qu'il envoie pour vous ramener dans le droit chemin. Et puis assez de se justifier, marre de tous les tribunaux quels qu'ils soient. Vivre et vivre comme je veux.

3.

J'attends toujours ; de temps en temps une infirmière passe affairée, on vient vous prendre. Dans la porte vitrée de l'entrée le reflet de mon visage. Je suis belle encore malgré tout ce qui vient de se passer, lumineuse et douce. Tout m'y a aidée : l'aisance, le loisir, le fait que dans ma vie il n'y a eu que moi. Malgré l'alcool qui taraude ma peau en dessous, je reste belle au-delà de la quarantaine. Belle de la jeunesse des hommes que j'achète. Leur corps contre ma peau et ce miracle toujours. Comme un bain de jouvence. Faire l'amour et cette transfusion étrange. La vie, la jeunesse, la beauté. Jusqu'à quand ? Mimer l'amour pour conjurer la mort. Jusqu'à quand ? Il va falloir recommencer les mêmes gestes. Fatigue de leur vanité.

2.

Que faire à présent ? Rentrer dans un appartement désert ? Les revoir eux tous, disparus depuis si longtemps ? Et faire les papiers, les papiers, prévoir les dispositions de l'inhumation. Elle est prise de vertige. Toutes ces choses qu'elle voudrait laisser à d'autres, à d'autres. Les vêtements à apporter à la morgue de l'hôpital, le préposé habillera le cadavre ; la maison de pompes funèbres, les dispositions pour réunir la famille. Elle écoute la personne qui est censée lui expliquer les démarches administratives.

Elle a la tête qui tourne. La famille, quelle famille ? Elle est la seule de sa génération à être encore vivante ! Les enfants oui, les enfants ; et les petits-enfants. Oui bien sûr. Mais ils appartiennent à un autre monde. Si loin depuis toujours.

L'hôpital a trouvé leur adresse à partir des données de la sécurité sociale. C'est bien, c'est bien. Oui, ils pourront m'aider. Elle se demande pourquoi ils viendraient aujourd'hui quand ils ne sont pas venus depuis des années. Rien à glaner, rien à prendre. Plus rien que la solitude et la gêne financière.

Elle ne sait pas quoi faire : aller voir le cadavre, prendre un taxi pour rentrer chez elle, demander à l'hôpital de téléphoner aux pompes funèbres pour qu'on envoie quelqu'un à qui confier l'organisation de la levée du corps et des funérailles. Elle ne sait pas. Tétanisée, incapable.

3.

Soudain dans la porte vitrée noire de nuit derrière le reflet de mon visage, le visage d'Odile doublant le mien.

Odile, celle qui depuis des jours apporte sur son lit le petit-déjeuner, ramasse les vêtements oubliés de la veille, nettoie, frotte, toujours calme. Une indulgence infinie pour ses dérades, une présence fidèle qui ne s'arrête pas aux mots sans suite de ses retours d'ivresse, à ses violences. Odile qui la couche alors comme on couche un enfant et qui est là quand elle se réveille, avec le breuvage qui écartera les céphalées et les nausées.

Dans le vitrage lustré de noir, le visage d'Odile, aigu comme le museau d'un chat, son sourire rare aux dents menues. Ses yeux inquiets. Sa blondeur fragile.

Mais oui ! pourquoi pas Odile ? Des mois qu'elle vit dans une aile de la maison avec son petit garçon qu'elle amène à l'école, qu'elle couche tôt. Des mois qu'elle vit dans son ombre sans jamais s'éloigner, avec cette fidélité des animaux qui vous ont choisi pour vous aimer et vous accompagner en tout. Elle est belle de cette beauté tragique des vases étrusques que les pillards sont allés débusquer de nuit dans les tombes interdites et qu'ils ont brisés pour mieux les passer en fraude dans des radiateurs de voitures vers une Suisse aveugle où des chirurgiens des vieilles pierres les reconstitueront. Elle est belle de chacun des coups que la vie a gravés en elle. De chaque cicatrice invisible sourd son étrange beauté.

Pourquoi pas Odile ? Si c'était là l'évidence de la vie : ce courage sans mots, cette dignité du silence qui lui a tout fait traverser la tête haute, le corps ferme et toujours si délicatement placé. Une danseuse de la douleur qui a fait ses pointes sur la mort de la mère, l'abandon du père, la maternité solitaire, le désespoir du chômage, la nécessité d'un travail ingrat et l'inexorable pauvreté.

Odile, son visage sort de la nuit, lourd de tant de renoncements qu'on aimerait, comme autrefois devant les reines, devant les déesses, devant la Vierge, s'abîmer à ses pieds de sainte moderne traînant avec elle ses élans brisés, ses désirs avortés.

Pourquoi pas Odile ? Ce que j'aime le plus en elle, c'est sa folie : les chevaux dont elle a la sérénité puissante, l'harmonie élégante, parfois le frémissement ténu. Les chevaux pour lesquels elle se lève à trois heures du matin et qu'elle va faire courir dans la brume encore noire, garante anonyme de leur entraînement obscur avant la grande course où ils s'illustreront en pleine lumière entre les cuisses de celui qui est là pour la montre. Femme du brouillard, de la pénombre, de la pluie, moitié elfe, moitié ondine, qui revient couverte d'écume, brûlée par cette passion quotidienne, dure aux poignets, aux genoux et aux chevilles de l'effort surhumain.

Pourquoi ne pas vivre désormais pour Odile, l'enfant volée de son enfance qui dut porter tôt les fardeaux de l'adulte, la lucidité qui refuse de s'apitoyer sur elle-même, la grandeur sans phrases.

Elle, la femme riche, pourquoi ne pas se donner à la femme pauvre, s'en remettre à sa jeune sagesse pour reconsidérer la vie et lui donner un sens ? Tout son argent, ses maisons, ses bijoux, cette facilité de sa vie ! Injuste.

Pourquoi pas Odile ?

1.

Elle est dans sa chambre maintenant. Pas de visiteurs jusqu'à nouvel ordre. L'hôpital lui rend la douceur feutrée de l'enfance, quand, malade, elle se glissait brûlante dans les draps frais d'un lit nouvellement refait. Se retrouver d'abord, revenir à soi. Elle fait jouer les différentes parties de son corps pour vérifier ce qui répond encore, comme on se réapproprie un instrument brisé qu'il a fallu réparer. Douleur terrible au bras droit qui disparaît sous les pansements, la jambe droite aussi, la hanche comme broyée. S'accoutumer à la douleur : de toute façon, ça va faire mal, mal partout, pas seulement dans les membres.

Ils ont dit qu'elle allait pouvoir se lever. La prochaine qui entre, je lui demande de m'aider à aller au coin toilette. Elle veut se voir, elle veut voir son nouveau visage, le visage de celle qui est passée à travers la verrière et qui n'a plus rien de commun avec l'autre, celle d'avant.

2.

Le Livre de Job. Des années que je ne peux plus lire l'Évangile tiré du Livre de Job. Quand je le lisais, je me couvrais le visage et je pleurais. Ses fils écrasés par la maison et mes fils qui ne voient plus leur mère mais ce n'est pas de leur faute. Ses récoltes et ses serviteurs anéantis et la faillite de ma vie toute entière perdue dans la lutte dérisoire contre l'échéance de fin de mois. Mensonges pieux, ruses pathétiques et rognures du temps qu'on arrache à l'inéluctable. Ce qui seul remonte du passé, le dégoût. À quoi sert d'avoir cru à tant de choses évanouies.

Et pourtant Job ne renie rien. Moi, je me sens écrasée, vaincue. Toute ma vie, une défaite.

3.

Pourquoi pas Odile ? Peut-être est-ce enfin le seul sens de sa vie. Pas le bonheur à deux, les échecs, trop d'échecs ; pas la réussite sociale, tout eu tout de suite sans jamais avoir rien à conquérir. Dans la vacuité de sa vie qui ressemble à une vitrine de luxe, elle n'a été qu'un mannequin de cire, façonné par la famille, l'argent, les amis. Pour échapper à cette image, la drogue, la boisson, les amants, les suicides.

Mais peut-être a-t-elle survécu à tout ça juste pour Odile ? Lui donner sa chance à elle et à l'enfant. Donner à la vie ces deux êtres privés de tout. Elle la regarde dans le bureau d'accueil : elle remplit les bordereaux de sortie, règle les derniers préparatifs du départ. Elle est à l'aise, écoute gravement, parle peu. Vous allez pouvoir sortir maintenant que votre sœur est là. Odile s'est tournée vers elle, elle sourit.

Oui, ma sœur est là.

2.

Maman ! Une main sur l'épaule qui la tire de sa déroute. Maman. Et près de son visage, les yeux de sa fille. Comment est-ce possible ? Ce n'est pas si loin tu sais l'Angleterre. Elle répond à ces questions qu'elle n'a pas la force de formuler. Ne t'inquiète pas.

Sa fille. Longtemps sans la voir. Mais elles se sont écrit, téléphoné ; le plus souvent les mots de la banalité je vais bien et toi, tout va comme d'habitude. Les mots de la pudeur qui glissaient sur la souffrance, parce que l'une ne voulait pas dire, l'autre ne voulait pas blesser. Des mots qui ne disaient jamais l'essentiel : la solitude et le repli. L'impossibilité de l'aider puisqu'elle ne demandait jamais d'aide.

Elle lit sur le visage de sa fille la compassion et la fermeté. Elle n'est pas prise au dépourvu, elle a déjà fait le nécessaire, tu sais avec le portable et les moyens modernes on peut réagir immédiatement. Tout ça c'est juste un problème d'intendance. Elle la regarde : elle traite ça comme une question purement administrative comme elle le ferait dans son ambassade ; elle a l'habitude d'ordonner, d'être obéie. Tout ce qui paraissait insurmontable, tout ce qui s'embrouillait dans sa pauvre tête. Pas pour elle, pas pour elle.

Elle est toujours assise sur sa chaise, les mains croisées sur ses genoux, mais elle n'attend plus. Elle se sent arrivée, la tête tendue vers cette autorité qui questionne, répond, argumente, remercie : le soulagement des soignants, quelqu'un qui comprend, qui assume la situation, qui fait.

Le joli visage de l'infirmière qui se penche à nouveau, vous êtes avec votre fille maintenant, ça va aller, ça va aller. Son soulagement d'avoir trouvé quelqu'un à qui remettre cette vieille femme si fragile. Elle va s'occuper de vous. Elle se sent soudain saoule de fatigue, combien de temps passé dans ce couloir, elle ne sait plus.

Sa fille s'accroupit et la prend dans ses bras. Elle se sent toute petite dans sa force. Elle s'en remet à elle. Elles se redressent toutes deux ensemble, elle portée presque comme un enfant dans les bras de sa fille. Ça va aller, ça va aller, je ne te laisserai pas.

1.

Me lever. Je veux me lever. L'infirmière me tend les bras. Mal. Mal. Mais je veux. Elle me porte presque. Chaque geste une multitude de décharges, le corps crucifié. Je rampe debout. Atteindre la glace. Me voir. L'infirmière parle sans arrêt, comme on parle aux enfants malades pour les distraire de la douleur. Sous sa faconde je sens une vague angoisse : c'est donc si terrible ? Je m'impatiente contre la lourdeur de mes muscles, la raideur de mes articulations, toute cette chair suppliciée que je traîne vers le coin toilette. La glace. La glace.

J'hésite entre le rire et les larmes.

Un visage de boxeur à la sortie du ring. Boursouflé. Violacé. Méconnaissable. Les ecchymoses, les plaies fermées par des strips qui zèbrent ma face. Surtout le crâne, à moitié rasé, quinze points de suture dit l'infirmière, la chevelure qui reste poissée de sang et de désinfectant, quelque chose de l'Iroquois réchappé du massacre. C'est si étrange que c'en est risible mais je ne ris pas. Une bouffée de fierté plutôt. Un respect pour la lutteuse que j'entrevois. Une autre debout. Une autre qui a traversé la mort et se saisit dans ce reflet monstrueux.

Mais j'aime ce monstre qui ne ressemble plus à la figure de magazine trop bien léchée que j'ai été. C'est moi. Ces yeux trop larges qui dévorent cette face déformée, c'est moi. Cet animal blessé et prêt à mordre, c'est moi. Cette gueule de bagarreuse qui est sortie vivante de l'empoignade de la vie, c'est moi. Devant celle qui est revenue de l'agonie, je suis envahie par le cri de Médée, le monstre initial, la femme-serpent qui s'est arraché le cœur et a condamné la chair de sa chair pour survivre. Il martèle mes tempes comme la seule vérité qui éclaire mon néant : que me reste-t-il ? Moi. Que me reste-t-il ? Moi.

Tout un programme. Le programme de ma deuxième vie.

*SOMMAIRE*

## *REMERCIEMENTS*

**Remerciements de l'auteur :**

J'adresse toute ma gratitude au Docteur Christian Bessi,
qui, depuis des années,
accueille avec la même égalité d'âme, le même humour,
la même bonté,
ma parole, mes désespoirs, mes indignations.

Ce roman est un hommage à toutes les femmes
qui sont entrées dans ma vie
– femmes du réel, des livres, de l'Histoire, des faits-divers,
des films, des rêves –
et qui n'en sont jamais ressorties.

**Remerciements de l'éditeur :**

À Patryck Froissart pour son aide précieuse
à la correction des épreuves et à Leslie Grunberg pour ses
conseils avisés.

Achevé d'imprimer par Pulsio SARL
dans l'Union européenne
le 22 mai 2021

Dépôt légal : septembre 2021